www.tredition.de

Für meine Kinder

Emma Sophie

und Mats Henrik

Kathrin Scheichenost

Liebe auf Eis 3

Schatten deiner Liebe

© 2012 Kathrin Scheichenost

Umschlaggestaltung, Illustration: K.Kesselring

Lektorat, Korrektorat: Sandra Müller

Verlag: tredition GmbH, Hamburg

ISBN: 978-3-8495-0308-6

Printed in Germany

Ähnlichkeiten mit realen Personen sind vom Autor weder gewollt noch beabsichtigt, sondern rein zufällig.

Frühling 2004

Es war vier Jahre her, dass Angelique Alberts Urlaub in Finnland ihr ganzes Leben verändert hatte. Seitdem war so wahnsinnig viel passiert.

Schon kurz nach ihrer Ankunft in Finnland hatte sie durch eine glückliche Fügung des Schicksals die Bekanntschaft der Band Poison of Evil gemacht. Eine Bekanntschaft, die ihre vorher so beschauliche kleine Welt aus den Angeln hob.

Für Angi begann eine Achterbahnfahrt der Gefühle, als sie sich in deren Frontmann Aleksi Roukajärvi verliebte, denn auch der viele Jahre ältere düster erscheinende Mann mit den auffällig blauen Augen fühlte sich zu ihr hingezogen. Doch er war sich nicht sicher, ob er seinen ausschweifenden Lebensstil ihretwegen ändern konnte und wollte. Bestärkt wurde er in seinen Zweifeln durch Paasi Onnenpotku. Der Gitarrist der Band sprach wenig. Hinter seinem kantigen, meist unbewegten Gesicht verbargen sich jedoch eigene Gedanken über die Beziehung seines Frontmannes.

6

Doch die beiden anderen Bandmitglieder, der Bassist Mikko Voikukka und der Schlagzeuger Kimi Kirppu, sowie dessen Freundin Emilia Irti waren auf Angis Seite.

Aleksi seinerseits hatte es tatsächlich geschafft, Angi weitgehend treu zu sein. Nur ein einziges Mal, in einer schweren Beziehungskrise, war er schwach geworden.

Parallel zu diesem ganzen Gefühlschaos hatte Angi begonnen in Helsinki Lehramt zu studieren. An der Universität lernte sie Mikael Käärmenpisto kennen. Der blonde Sportler stellte äußerlich das genaue Gegenteil von Aleksi dar. Trotz Aleksis Eifersucht wurde Mikael zu Angis treuestem Freund, obwohl er nie abstritt, in sie verliebt zu sein.

Angis beste Freundin Gabriella Förster, die Angi bei ihrem Urlaub begleitet hatte, war auch in Finnland geblieben. Die selbstbewusste Blondine mit der göttlichen Stimme hatte schnell durch die richtigen Kontakte den Sprung ins finnische Musikgeschäft geschafft. Doch die Fassade der starken Frau erwies sich als trügerisch, schnell ließ sie sich durch falsche Freunde auf Abwege führen. Am Ende folgten die bitteren Konsequenzen und sie starb viel zu jung an einer Überdosis Drogen.

Angi drohte an dem Verlust ihrer besten Freundin zu zerbrechen und nicht einmal Aleksis Liebe war in der Lage Angi aus ihrem Tief zu holen. Doch dann trat Tiia Pata in Angis Leben. Und mit ihrer Hilfe fand Angi wieder den Weg zurück ins normale Leben, aber vor allem den Weg zurück in Aleksis Arme.

Nach all diesem Hin und Her, nach vielen Höhen und Tiefen machte Aleksi Angi auf dem traditionellen Silvesterkonzert einen Heiratsantrag und nur vier Monate später gaben sich die beiden in einer wahren Märchenhochzeit das Ja-Wort.

Angi war erneut schwanger und dieses Baby sollte ihr Glück perfekt machen. Denn ihr letztes Kind hatte Angi bei einem schweren Unfall verloren.

Angis Schwangerschaft verlief alles andere als problemlos. Sie war mittlerweile im achten Monat und ihre Beziehung mit Aleksi eher an der Tür zum Nirgendwo, als kurz vor dem Beginn eines neuen Lebensabschnitts. War sie anfangs noch der glücklichste Mensch der Welt gewesen, weil sie wieder ein Kind von Aleksi erwartete, empfand sie es nun eher als Albtraum. Sie hatte panische Angst, dass sie auch dieses Kind verlieren würde.

Immer wieder wurde sie an die schwere Zeit nach ihrem Unfall erinnert. Zusätzlich kam noch hinzu, dass ihr mehr und mehr bewusst wurde, wie sehr ihre Vorstellungen vom Leben auseinander gingen. Hinzu kam noch der ständige Druck für ihn attraktiv zu sein. Doch das hatte Angi aufgegeben. Mit dieser Riesenkugel konnte man einfach nicht mehr ansprechend aussehen, glaubte sie. Von Tag zu Tag wurde sie unzufriedener mit sich und ihrer Umgebung. Natürlich bekam dies in erster Linie Aleksi zu spüren.

Er hatte anfangs noch versucht es ihr mit allen Mitteln Recht zu machen, doch schnell hatte er begriffen, dass das nicht der Weg war, wie er sein Leben leben wollte. Er war nun mal Musiker und die Angi, die er gekannt hatte, hatte ihn dafür geliebt. Sollte diese neue Angi das nicht tun, müsste er, dessen war er sich bewusst, seine Konsequenzen ziehen. Warum sollte ein erwachsener Mann wie er ständig nach den Launen einer sich so unreif benehmenden Person tanzen. Er würde für sein Kind da sein, sofern es in seiner

Macht stand, aber er würde sich nicht weiter für Angi verbiegen. Das hatte er in der Vergangenheit schon zu oft getan und es war ihm nie gut bekommen. Er hatte ihre ewigen Nörgeleien satt. Angi war anstrengend. Sie kostete ihn mehr Kraft, als er hatte. Das hatte ihm die Vergangenheit mehr als einmal bewiesen. Andere Frauen waren doch nicht so, oder war ihm das nur nie aufgefallen? Es könnte alles so einfach sein. Er gestand sich ein: Angi war zu einem Problem geworden und er war sich nicht sicher, ob er sie überhaupt noch liebte. Mehr als einmal hatte er sich die Frage in den letzten Monaten gestellt. Auf seiner letzten langen Tour durch die USA hatte er gemerkt, was Freiheit ihm bedeutete, dass das Leben so viel einfacher sein konnte und er sich nicht für jeden Schritt, den er tat rechtfertigen musste und nicht ständig den sprunghaften Launen seiner Frau unterworfen war.

Poison of Evil hatten gerockt, dass die Bühnenbretter wackelten. Die Jungs hatten alles gegeben und die Fans mitgerissen. Es war phantastisch. Aleksi ging beschwingt in die Garderobenräume um zu duschen und sich umzuziehen. Auf der Bühne zu stehen war ein unglaubliches Gefühl – es machte ihn glücklich, das war das einzige wofür er bereit war alles zu geben, weil es ihn bedingungslos glücklich machte. Wehmütig dachte er an Angi. Dieses ganze Gefühlschaos überforderte ihn. Mal war er sich so sicher, dass er sie liebte und dann erwischte er sich bei dem Gedanken, ob ein Leben ohne sie nicht einfacher wäre. Noch ein Gig am kommenden Abend und dann ging es zurück nach Helsinki. Ob sie wohl auf ihn wartete und sich auf seine Rückkehr freute? Er betrachtete seine Rückkehr mit gemischten Gefühlen. Angi war so schwierig. Er hatte resigniert. Dieses Gefühl behagte ihm nicht. Jetzt, hier auf Tour hatte er tief durch atmen können. Die lockere Art und die Gelassenheit seiner Kollegen und Freunde gaben ihm ein unbeschwertes Gefühl. Hier war alles so einfach. Keine oder kaum Diskussionen. Und wenn, dann ging es um die Musik. Aleksi musste zugeben, dass Angi ihn mehr Kraft kostete, als ihm lieb war. Diese Gedanken quälten ihn seit einiger Zeit. Auf der Tour hatte er den nötigen Abstand gewonnen, um die Dinge aus einiger Entfernung zu betrachten und jene zwiespältigen Gefühle hatten sich ihn ihm manifestiert. Er war hin und her gerissen. Der heiße Wasserstrahl der Dusche wusch nicht nur all den Schweiß von ihm, sondern spülte auch die, nach der Euphorie des Konzerts wieder aufkeimenden negativen Gedanken weg. Er würde es sehen, wie sie reagierte.

Dann konnte er immer noch entscheiden, ob sie eine neue Chance erhielt oder eben auch nicht.

Heute kehrte Aleksi von der Tour zurück. Er hatte das Ende so geplant und gelegt, um Angi bei der Geburt beistehen zu können.

Sein Jetlag machte ihm schwer zu schaffen. Er fühlte sich müde und ausgelaugt.

Er bereitete sich schon einmal seelisch auf seine Ankunft zu Hause vor. In welcher Verfassung würde Angi ihn erwarten? Würde sie sich freuen ihn zu sehen? Manchmal zweifelte er nicht nur an seinen Gefühlen, sondern auch daran, dass sie ihn überhaupt noch liebte. Alle Gespräche die sie führten endeten zwangsläufig im Streit. Vielleicht hatte ihnen die Trennung ja auch gut getan. Nun, er würde es gleich sehen. Dann atmete er tief durch und betrat das Mehrfamilienhaus durch das schöne Portal aus einer schweren Holztüre, die so gar nicht zum Rest des schlichten Hauses passte. Angi war zu Hause, er hatte ihren Wagen vor der Garage parken sehen. Doch warum kam sie ihm eigentlich nicht entgegen? So wie das bei Kimi und Emilia der Fall war. Aleksi hatte das schon einige Male mitbekommen, wenn sie von irgend woher zurück kamen. Emilia war dann immer so erfreut ihren Mann und auch Aleksi wieder zu sehen. Doch Angi kam ihm nicht entgegen.

Seine Frau saß mit angewinkelten Knien auf der schwarzen Ledercouch im Wohnzimmer und hatte offensichtlich hier auf ihn gewartet. Nicht die Spur von Freude war auf ihrem Gesicht zu sehen. Kein Lächeln umspielte ihre sinnlichen Lippen. Stattdessen sah sie ihn nur vorwurfsvoll aus großen Augen an. Etwas was ihn sehr traurig stimmte. War er doch offenbar in seiner eigenen Wohnung nicht willkommen. Er fühlte sich wie ein Fremder. „Und, wie viele Groupies hattest du diesmal im Zimmer?", giftete sie. Aleksi war verblüfft. Was war das denn für ein Empfang? Dass es so sein würde, damit hatte er nicht gerechnet. Nicht ein freundliches Wort zur Begrüßung.

Angi hing sehr an Aleksi vielleicht zu sehr. Die Tour hatte ihr seit dem Tag an dem er weg war Magenschmerzen bereitet. Sie malte sich in den schrillsten Farben sein Tourleben aus. Vor allem die langen einsamen Nächte und mit der Armee von Groupies im Hinterkopf, die in jeder Stadt auf die Männer warteten. Deshalb war sie schlechter Dinge, weil sie nun das Schlimmste erwartete. Hatte er jemand anderes kennen gelernt? Die Konkurrenz war groß. Wollte er mit ihr Schluss machen? „Versuch bloß nicht mir wieder zu erzählen, dass du wartest, bis unser Kind da ist und ich wieder Sex haben möchte. Denn das mein Lieber, würde nicht einmal deine Mutter dir glauben." Aus heiterem Himmel griff sie Aleksi an, kaum dass er zu Hause angekommen war. Angi wusste tief im Inneren ihrer Seele, dass das nicht richtig war. Vielleicht tat sie ihm unrecht. Eigentlich sollte sie ihm vertrauen. Doch der Druck war zu groß, als dass sie alles, den Rummel um seine Person so leichtfertig hinnehmen konnte.

Er war wie vor den Kopf gestoßen. „Wenn du es wirklich wissen willst. Es waren so viele, dass ich sie gar nicht alle zählen konnte. Jeden Abend eine andere. Und es war wunderbar," Aleksi platze nun der Kragen. Das konnte nicht ihr Ernst sein. Was bildete diese Frau sich eigentlich ein? Wutentbrannt und mit donnernder Stimme fuhr er fort und eine Schimpftirade prasselte auf Angi nieder: „Weißt du was: Wenn du nicht schwanger wärst, würde ich dich raus werfen. Du mit deinen ständigen Launen. Du bist lästiger als manches quängelnde Kind." Seine Augen funkelten sie böse an, als er geendet hatte.

Wie bitte? Wie redete er überhaupt mit ihr? Das konnte sie so nicht auf sich sitzen lassen. „Weißt du was, das brauchst du gar nicht. Ich gehe selber. Jetzt gleich!", schrie Angi trotzig in den kurzen Moment der erdrückenden Stille. „Lieber hat mein Kind gar keinen Vater als einen wie dich," Angi lief ins Schlafzimmer um ihre Sachen zu packen. Sicherlich konnte sie bei Mikael unter kommen. Er hatte ihr einmal gesagt, egal was komme, er wäre immer für sie da. Nun würde sie sehen, ob das auch stimmte, was er ihr so großmütig versprochen hatte. „Wo willst Du überhaupt hin?", fragte Aleksi sie immer noch aufgebracht. Angi sah ihn nur mit großen Augen an und antwortete nicht gleich.

Nun war Aleksi außer sich vor Wut. Er verstand auch so und ahnte was sie vorhatte. Trotzdem war er tief getroffen, wie einfach und schnell sie sich gegen ihn entschieden hatte. Ohne Diskussion, ohne eine Erklärung von seiner Seite aus zu zulassen. Vielleicht wollte sie es so und hatte es geplant, um ihn los zu werden. „Weißt du was, dann geh doch zu Mikael. Denn da willst Du doch hin, oder? Wer weiß wie oft du dich schon mit ihm vergnügt hast, während ich unterwegs war," er hielt sie am Arm, „Wie lange planst du das schon Angelique? Wie lange willst du mir schon mein Kind wegnehmen?"

"Lass mich zu Frieden," fauchte Angi, riss sich los und packte weiter ihre Sachen in einen Koffer.

Unsanft drehte Aleksi sie zu sich um: „Wie lange schon Angelique?"

„So lange wie du deine schwangere Frau betrügst. Du bist es gar nicht wert Vater zu sein," Angi schnappte sich den Koffer.

Im nächsten Moment gab es einen Knall. Aleksi hatte seiner Frau eine schallende Ohrfeige verpasst.

Fassungslos sah Angi ihn an und verließ ihn ohne ein weiteres Wort.

Mikael wohnte nur ein paar Straßen weiter in einer Altbauwohnung. Angi konnte sie bequem zu Fuß erreichen. Trotzdem fiel ihr das Laufen schwer. Immerhin sollte sie bald ihr Kind bekommen.

Angis Finger zitterten leicht, als sie klingelte.

„Ja bitte," ertönte Mikaels vertraute Stimme durch die Gegensprechanlage.

„Ich bin's, Angi. Kann ich vielleicht ein paar Tage bei dir wohnen?"

Mikael hatte Angi bereits vom Fenster aus gesehen.

„Aber sicher. Warte, ich komme runter."

Unten angekommen nahm Mikael Angi ihren Koffer ab und nahm sie mit in seine Wohnung, die im zweiten Stock lag.

„Danke, das ich hier bleiben kann. Ich hätte sonst wirklich nicht gewusst wo ich hin soll," Angi umarmte Mikael dankbar.

Mikael stellte Angis Koffer in das Gästezimmer seiner geräumigen Drei-Zimmer-Wohnung: „Dazu sind doch Freunde da. Du kannst bleiben solange du willst. Hauptsache du gehst nicht mehr zu ihm zurück. Wie kann er sich gerade jetzt von dir trennen, wo doch bald euer Baby kommt?" Mikael sah sich in seiner Meinung die er über Aleksi hatte bestätigt.

Aber Angi nahm ihren Mann auch diesmal in Schutz: „Es hat eben einfach nicht mehr geklappt. Und so ist es besser für alle. Auch für mein Baby. Und gib Aleksi nicht die Schuld. Ich bin gegangen" Angi sagte ganz bewusst „mein Baby". Bevor sie bei Aleksi ausgezogen war hatten sie nur noch gestritten oder sich angeschwiegen, wenn er überhaupt mal zu Hause war. Ein Zustand, den Angi einfach nicht mehr ertragen hatte. So sehr sie ihn auch liebte, diese Situation wollte sie ihrem Baby nicht zumuten. Angi ließ sich auf das Sofa sinken: „Schön hast du es hier. Soviel Geschmack hätte ich dir nicht zugetraut. Man fühlt sich ja fast wie in einem Möbelhaus."

Die Wohnung war sehr modern eingerichtet. Viele Möbel aus weißem Holz mit Glasapplikationen. Daneben waren Akzente gesetzt. Besonders ins Auge stach der weinrote Teppich der unter dem weißen Sofa lag. Alles war einfach perfekt aufeinander abgestimmt.

„Nicht schlecht für so einen Nesthocker wie mich. Aber der Geschmack einer Frau kann hier sicher nicht schaden. Für mich allein ist die Wohnung sowieso viel zu groß," Mikael überging Angis Anspielung gekonnt wie immer.

Angi sah ihn verblüfft an: „Wie lange denkst du denn, dass ich hier bleibe?"

„So lange du und der Kleine euch hier wohl fühlt," Mikael war enttäuscht von Angis Reaktion, aber nun lachte sie wieder:

„Der Kleine? Warum seid ihr Männer euch immer so sicher, dass jedes Baby ein Junge wird? Mir wäre ein Mädchen viel lieber, dass dann nach mir kommt und nicht..." Angi unterbrach ihren Satz und wischte sich eine Träne aus dem Gesicht.

Mikael wusste, was sie sagen wollte. Vorsichtig legte er seinen Arm um sie.

Paasi sah sich die leeren Schränke an, in denen noch am Vortag Angis Sachen gehangen hatten: „Hast du sie also tatsächlich raus geworfen? Ich hoffe damit ist dieses ewige Hin und Her zwischen euch endlich zu Ende." „Ja ist es, aber ich habe sie nicht raus geworfen. Ich werfe doch nicht meine hochschwangere Frau aus der Wohnung. Sie hat selbst entschieden zu gehen," Aleksi hatte noch nicht realisiert, dass sie tatsächlich weg war. Weg, zusammen mit seinem Baby, dem größten und wertvollsten Schatz auf der Welt.

Paasi klopfte ihm auf die Schulter: „Dass ich das noch mal erleben darf, der große Aleksi, verlassen von einer Frau."

„Das bereichert dein Leben jetzt ungemein oder? Sie war einfach schneller als ich. Wenigstens bin ich damit die Verantwortung los, denn ein Zurück wird es für sie nicht geben," bevor es weh tat, ließ Aleksi lieber keine Gefühle mehr zu, weder für Angi noch für sein Baby. Eine innerliche Kälte erfasste ihn nach und nach. Jetzt war er wieder allein. Frei. Nun gab es niemanden mehr, der auf ihn wartete, wenn er mit Freunden weg war. Niemanden mehr, der ihn vermisste, wenn er monatelang auf Tour war. Aber auch niemand mehr, der ihn mit soviel Liebe und Wärme erfüllte. Aleksi unterbrach seine Gedanken. Niemand hatte das Recht ihn zu verletzen, also ließ er sich auch nicht verletzten und von Erinnerungen quälen.

Wie hatte Paasi einmal gesagt: „Es ging jahrelang ohne sie, dann wird es auch jetzt ohne sie gehen."

Sicherlich hatte er Recht. Aber nun war keine Zeit für so etwas. In wenigen Stunden würden sie schon auf dem Weg nach Mailand sein und auf der Bühne war keine Zeit für schlechte Gedanken. Da gab es nur ihn und die Musik.

Paasi riss Aleksi aus seinen trüben Gedanken: „Was passiert denn jetzt mit den ganzen Möbeln? Soll ich sie morgen mit den Jungs weg bringen?"

„Macht damit, was ihr wollt," Aleksi verbarg sein Gesicht in seinen Händen. Er hatte so lange dafür gekämpft, dass alles gut werden würde und nun lag doch alles nur erneut in Scherben.

Kurz nachdem Paasi die anderen telefonisch informiert hatte, klingelte es auch schon an der Tür.

„Da seid ihr ja. Kommt rein." Paasi wies den anderen den Weg ins Wohnzimmer.

Sofort überhäuften Kimi und Mikko Aleksi mit Fragen, aber der nickte nur oder schüttelte mit dem Kopf. Keiner von beiden hatte eine Trennung kommen sehen.

Es klingelte erneut. Diesmal war es Tiia, die wie verabredet Angi besuchen wollte.

Kimi ging zur Tür: „Hallo Tiia, ich glaube das ist jetzt kein guter Zeitpunkt."

„Wo ist Angi?"

„Das kann ich dir leider auch nicht sagen. Aber wenn du es weißt, melde dich bitte. Ich würde ihr gern die Möglichkeit geben ihre Sachen abzuholen, bevor Aleksi alles auf den Müll wirft."

Tiia war ganz perplex: „Ich verstehe nur Bahnhof. Was ist denn passiert?"

„Es gab wohl mal wieder Streit. Aber was genau los war ist aus Aleksi nicht raus zu kriegen. Und sag ihr, dass wir für sie und das Baby da sind. Trotz allem." Kimi hätte ihr gern soviel gesagt, aber er war im Zwiespalt. Immerhin war Aleksi sein bester Freund.

Tiia schüttelte mit dem Kopf: „Naja in Ordnung. Trotzdem danke und ich melde mich bei dir."

Tiia war sich ziemlich sicher, dass es nicht viele Orte gab, an denen Angi sein konnte, wenn sie nicht zu Hause war. Nachdem sie erfolglos auf dem Friedhof gewesen war, machte sie sich auf den Weg zu Aleksis Mutter.

„Hallo Tiia, du suchst sicher nach Angi. Sie hat mich vorhin angerufen. Die beiden müssen sich fürchterlich gestritten haben und jetzt ist sie bei Mikael. Ach Tiia, es ist so traurig."

Tiia nahm die alte Dame in den Arm: „Mach dir nur keine Sorgen, die beiden haben doch schon viel Schlimmeres bewältigt. Soll ich erstmal ein bisschen rein kommen?"

„Nein, mach dich ruhig gleich auf den Weg zu Angi. Du brauchst dich um mich alte Frau nicht zu sorgen."

Die beiden verabschiedeten sich herzlich und Tiia machte sich auf den Weg zu Mikael.

Mikael öffnete die Tür: „Hallo Tiia."

Tiia drückte sich wortlos an ihm vorbei: „Hier bist du Angi. Ich habe dich schon überall gesucht. Nur Pirja wollte mir sagen wo du bist. Kimi wollte mich gar nicht in die Wohnung lassen." Tiia sah Angi mit fragenden Augen an.

Missmutig begann Angi zu erzählen: „Du weißt ja, das Aleksi und ich Probleme hatten. Ich hatte es einfach satt. Ich musste einfach weg."

„Aber was ist mit dem Baby?" Tiia konnte nicht glauben, was sie da hörte. Mikael kam aus der Küche: „Sie hat doch uns. Da braucht sie keinen Mann, dessen Liebe ihr nur Schmerz zufügt."

Und wie sehr sie ihn brauchte. Angi wusste, dass sie sich ein Leben ohne Aleksi nicht vorstellen konnte, aber sie durfte nicht nur an sich denken. Hier ging es um ihr Kind. Das war zumindest eine passende Entschuldigung sich nicht weiter mit Aleksi auseinander setzten zu müssen. Zwei starke Persönlichkeiten, dass bedeutete nun einmal nur Ärger.

Mikael sah an Angis Blick was in ihr vorging: „Er hat dich einfach nicht verdient und das Baby auch nicht. Hoffentlich zahlt er wenigstens ordentlich." „Nun gehst du aber zu weit. Natürlich wird Aleksi sich um sein Kind kümmern," Tiia mochte nicht, wie Mikael über Aleksi sprach.

„Ja klar, genauso wie sich Mister Supermann auch jetzt um Angi kümmert," Mikael merkte in seiner Wut nicht, wie sehr seine Wort Angi verletzten. Auch wenn sie diejenige war, die an allem Schuld war, konnte Angi es nicht ertragen, wenn jemand schlecht von Aleksi sprach. Er war kein schlechter Mensch, nur in ihren Augen beziehungsunfähig.

„Hört einfach auf! Es ist mein Leben und mein Baby," weinend lief Angi aus dem Zimmer.

Tiia warf Mikael einen strafenden Blick zu und ging Angi nach. Tröstend legte sie ihren Arm um ihre Freundin: „Du weißt doch wie er ist. Eben ein echtes Trampeltier. Aber mit einem hat er Recht. Wir sind für dich da. Egal was passiert und wie du dich entscheidest. Das mit dir und Aleksi ist sicher nicht endgültig vorbei."

Angi wischte sich die Tränen aus dem Gesicht: „Das muss es aber sein."

„Warten wir es ab. Setz dich nicht so unter Druck und lass dich auch nicht von Mikael diesem Dummkopf unter Druck setzen. Wenn das Baby erstmal da ist wird sich alles entwickeln. Und ich glaube, Aleksi wäre sicher ein guter Vater," Tiias Vertrauen in diese Beziehung war unerschütterlich.

Es war noch früh am Morgen als der Tourbus bereit stand die vier noch sehr verschlafenen Gestalten in Empfang zu nehmen. Der Platz vor dem Probenraum war in dichten Nebel gehüllt und alles andere als einladend.

Rote Buchstaben zierten den schwarzen Bus: „POISON OF EVIL OVER EUROPE" Zwei Wochen sollte nun dieser Bus ihre neue Heimat sein. Städte wie Mailand. Zürich, Stuttgart, Brüssel, Frankfurt, Amsterdam, London und zu guter Letzt Paris lagen auf ihrer Route. Um Aleksi auf andere Gedanken zu bringen, hatte sich die Band kurzfristig entschlossen, einige Konzerte in Europa zu geben.

Obwohl die letzte Tour noch nicht lange her war, lag auch vor dieser wieder eine gewisse Anspannung in der Luft.

Teemu, der Busfahrer, wartete schon vor dem Bus, um die Band in Empfang zu nehmen. „Na Jungs, bereit die Hallen zu füllen?"

„Du weißt doch, egal ob voll oder nicht, Hauptsache die Halle rockt," Aleksi klatschte ihn ab. Er hatte sämtliche Gedanken an seine Trennung von Angi bei Seite geschoben und wollte sich nun nur auf die Tour konzentrieren.

Paasi hatte bereits am Vortag die Presse von der neuen Situation unterrichtet und gebeten, auf Fragen bezüglich Aleksis Privatleben während der Tour zu verzichten.

Während Aleksi sein neues altes Leben in vollen Zügen genoss und seine Freiheit voll auskostete, sah in Helsinki die Welt nicht ganz so rosig aus.

Angi saß am Küchentisch in Mikaels Wohnung und schlug wie jeden Morgen die Zeitung, die sie zuvor aus dem Briefkasten geholt hatte, auf. Wieder einmal hatte es Aleksi auf die Titelseite geschafft. Doch schon die Überschrift ließ erkennen, dass es in diesem Artikel weniger um die Musik gehen sollte: „Frontmann mit neuer Flamme in der Stadt der Liebe"

Trotzdem las Angi weiter.

Nachdem es die letzten zwei Wochen ruhig um das Privatleben von Poison of Evil Frontmann Aleksi Roukajärvi geworden war, gelang es uns nun doch, einen kleinen Einblick in sein Privatleben zu erhaschen. So stand uns der redselige Finne diesmal wieder in gewohnter Rockermanier Rede und Antwort. An seiner Seite diesmal seine neue Eroberung Sophia Ignatz. Wieder eine Deutsche .

Ob sie die neue Frau an seiner Seite oder nur eine Affäre war, ließ Aleksi jedoch offen...

Angi legte die Zeitung bei Seite. Den Rest wollte sie sich nur wenige Tage vor der Geburt ihres Kindes nun doch nicht an tun. Klar war, dass Aleksi wieder zu seinem alten Lebensstil zurück gekehrt war. Angi hatte so etwas erwartet, nur wie schnell es ging, überraschte sie doch ein wenig.

Mikael, der leise den Raum betreten hatte, nahm sofort die Zeitung vom Tisch: „Warum tust du dir das an? Er ist eben wie er ist." Das er es ihr von Anfang an gesagt hatte, verkniff Mikael sich. Er wollte nicht noch mehr Salz in die Wunde streuen.

Kurz bevor die Tour der Band vorbei war, sollte für Angi ein neuer Lebensabschnitt beginnen.

Es war noch früh am Morgen als bei Angi die Wehen einsetzten.

Sie versuchte zu erst das Gefühl zu unterdrücken. Sie wollte dieses Kind jetzt noch nicht bekommen. Doch es wurde immer stärker.

„Mikael!!" Angi schrie sich ihren Schmerz aus der Kehle.

Mikael, der noch geschlafen hatte fiel aus dem Bett. Er rappelte sich auf und lief ins Gästezimmer. Völlig außer Atem fragte er: „Ist es soweit? Wo stehen deine Sachen? Los, los nur keine Zeit verlieren."

Angi deutete auf eine kleine Tasche an der Wand, dann wurde sie von einer neuen Wehe erfasst.

Mikael schnappte sich erst die Tasche, dann Angi, die sich vor Schmerzen krümmte.

„Soll ich nicht doch einen Krankenwagen rufen?"

„Nein es geht schon. Wir müssen uns nur beeilen," und wieder kam eine Wehe.

Mikael war inzwischen kreidebleich.

Erleichtert atmete er durch, als er Angi auf den Beifahrersitz seines Autos gesetzt hatte.

„Jetzt nur noch schnell in die Klinik und alles wird gut," sagte er zu sich selbst.

Als Mikael rasant die Kurve zur Krankenhauseinfahrt nahm, kamen Angis Wehen schon in sehr kurzen Abständen.

„Ich bin gleich zurück," Mikael ließ Angi im Auto und rannte durch die Eingangstür, um kurze Zeit darauf mit einem Rollstuhl wieder zurück zukommen.

Drin wurde Angi dann von einer Hebamme in Empfang genommen und in den Kreißsaal gebracht. Ängstlich hielt sie Mikaels Hand: „Lass mich bitte jetzt nicht allein."

„Aber natürlich nicht," Mikael küsste sanft Angis Hand, die schon ganz nass geschwitzt war.

Die Geburt ging dann ziemlich schnell, wenn es auch Momente gab, in denen Mikael nicht wusste, ob er sich weiterhin auf den Beinen halten konnte. Doch er war tapfer und stand Angi bis zum Ende bei. Ihm wurde sogar die Ehre zu Teil die Nabelschnur zu durchtrennen.

Vorsichtig legte die Hebamme Angi das kleine Bündel in den Arm: „Wie soll er denn heißen?"

Angi sah erst zu Mikael, dann auf den kleinen Jungen mit dem schwarzen Haarschopf und den eisblauen glänzenden Augen: „Dominic Mikael. Nach dem besten Freund den man sich wünschen kann."

„Ach, der junge Mann ist nicht der Vater?" verwirrt sah die Hebamme erst Angi an und dann Mikael.

Der schüttelte nur heftig mit dem Kopf. Er und Kinder. Garantiert nicht. Und trotzdem versetzte es ihm einen Stich, dass Angi in ihm immer noch nicht mehr in ihm sah, als einen guten Freund.

Gleich am nächsten Tag kam Mikael Angi wieder besuchen. Er hatte lange mit sich gerungen und sich dann doch dazu entschlossen ein ernstes Thema anzusprechen.

„Sag mal Angi, willst du dich nicht endlich scheiden lassen?" Mikael blickte aus dem Zimmerfenster, „Du willst doch nicht ewig diesem Kerl nachweinen?"

Angi legte Dominic vorsichtig in das Babybettchen, dass neben ihrem Bett stand: „Erstens ist er Dominics Vater und zweitens weine ich ihm nicht nach. Ich will nur im Moment nicht mit ihm sprechen. Weder über das Kind noch über eine Scheidung. Er hat jetzt seine Karriere und soll damit glücklich werden. Alles andere wird sich ergeben." Mikael wurde ganz rot im Gesicht: „Ich höre immer nur seine Karriere. Und wo bleibst du bei der ganzen Sache? Du hast nun wirklich lange genug Rücksicht genommen. Denk auch mal an dich und an Dominic."

Angi nickte nur. Sie wusste, dass Mikael im Grunde Recht hatte. Irgendwie würde sie es schon allein mit ihrem Baby schaffen. Sie bat Mikael sie für heute allein zu lassen. So kurz nach der Entbindung fühlte sie sich solchen Auseinandersetzungen einfach noch nicht gewachsen.

Wütend vor sich hin murmelnd verließ er den Raum. Angi war nun mit Dominic allein. Endlich hatte sie Ruhe. Sie verstand warum Mikael so dachte, aber manchmal ging er einfach zu weit. Sie war alt genug um zu wissen, was für sich und ihren Sohn das Beste war. Auch wenn sie sich nicht sicher war, ob sie die richtige Entscheidung getroffen hatte.

Am nächsten Tag klopfte es zaghaft an der Tür und ein riesiger Teddybär kam herein. Eigentlich wurde er getragen, aber seinen Träger konnte Angi erst erkennen nachdem der Teddy auf dem Boden stand: „Kimi, Emilia, schön euch zu sehen. Wie war es in Europa?"

„Großartig, aber das kann ich dir später auch noch erzählen. Wo ist denn das kleine Wunder?" Kimi war so gespannt endlich das Baby zu sehen. Angi hob Dominic vorsichtig aus dem Bettchen und legte ihn Kimi in die Arme. Der grinste seine Freundin an und betrachtete dann gebannt das kleine Bündel: „Das ist alles so klein. Kann man da was kaputt machen?" Angi lächelte sanft: „Das habe ich am Anfang auch gefragt. Aber wenn du ihn nicht fallen lässt, kann eigentlich nichts passieren."

Kimi konnte seinen Blick gar nicht abwenden. Die kleinen Füßchen, die winzigen Händchen, dann diese kleinen, noch leicht verkniffenen Äuglein und die süße Stupsnase Nase. Er war sich sicher, noch nie so ein schönes Baby gesehen zu haben. „Ganz der Vater," kaum hatte Kimi das gesagt, hätte er sich am liebsten die Zunge abgebissen. Aber Angi sah ihn verständnisvoll an: „Ich weiß."

Emilia wechselte schnell das Thema: „Wo wohnt ihr denn jetzt? Noch bei Mikael?"

Angi schüttelte den Kopf: „Nein, ich werde mich nach einer eigenen Wohnung umsehen. Mikael ist lieb und nett, aber manchmal so eine Art „Übermutter". Dominic und ich brauchen einfach unsere eigenen vier Wände."

„Das kann ich verstehen. Und wenn du Hilfe brauchst, weißt du ja wo du mich finden kannst," Emilia lächelte Angi an.

„Das ist lieb, aber meine Eltern überschütten uns fast mit Geld und Geschenken. Und auch Pirja war schon hier. Ihr habt sie knapp verpasst."

Wenige Tage später trafen sich die Jungs wieder im Probenraum. Zum Bedauern der anderen erschien Aleksi wieder mit Sophia an seiner Seite.

Als Kimi hinzu kam, waren die beiden gerade wieder dabei sich gegenseitig förmlich aufzufressen.

Kimi wartete bis Sophia sich von Aleksis Lippen gelöst hatte.

Er fand das Verhalten seines Frontmannes derzeit mehr als peinlich. Sophia wirkte eher wie eine Professionelle, die er für ihre Dienste bezahlte, als wie eine angemessene Begleitung.

„Nur falls es dich interessiert, du hast einen Sohn. Dominic Mikael. Und bildhübsch ist der Kleine," Kimi hoffte, dass Aleksi diese Midlifecrisis bald überstanden hatte und dann versuchen würde, Angi und den Kleinen zurück zu gewinnen.

Für einen kurzen Moment verfinsterte sich Aleksis Blick. „Mikael", wiederholte er fast tonlos.

Sophia wollte ihn schnell auf andere Gedanken bringen. Naiv wie sie war, schmiss sie sich an seinen Hals: „Hey, wen interessiert das denn schon, wie der Bengel heißt."

Ein hasserfüllter Blick traf sie: „Was weißt du denn schon? Verschwinde einfach."

Kimi betrachtete verwundert erst Aleksi, dessen Augen immer noch glühten, dann Sophia, die den Tränen nah den Probenraum verließ.

Sollten hinter dieser kalten Fassade tatsächlich Gefühle sein?

„Aus dir soll noch mal jemand schlau werden. Ich dachte, du liebst Sophia?"

„Was will ich denn mit Liebe? Klar, sie hat ihre Qualitäten, aber lieben? Nein, ganz sicher nicht. Aber du brauchst nicht ablenken, warum ausgerechnet Mikael?"

Paasi, der die Situation bisher wortlos beobachtet hatte, hatte direkt eine passende Antwort parat: „Vielleicht weil er der Vater ist?" Als ob es ihn nichts weiter anginge, nahm Paasi seine Gitarre.

„Wenn du den Kleinen gesehen hättest, würdest du es dich nicht wagen, so einen Mist zu erzählen."

„Ach hört auf zu streiten. Wir haben doch hier wirklich anderes zu tun."

Kimi startete noch einen letzten Versuch: „Aleksi, er ist dein Sohn."

„Dessen Mutter mich verlassen hat. Dem Kleinen wird es finanziell an nichts mangeln, dafür werde ich sorgen, aber ich will ihn nicht sehen. Angi hat mich verlassen und das war endgültig," Aleksi schaltete das Mikrofon ein und während Mikko als letzter den Raum betrat, begab sich Kimi hinter sein Schlagzeug.

Schon nach einer Woche konnte Angi die Klinik verlassen. Dominic sollte noch eine weitere Woche zur Beobachtung bleiben. Dies war Angi ganz recht, weil ich sich in dieser Zeit nach einer eigenen Bleibe umsehen konnte.

Schnell hatte sie mit Hilfe von Tiia, Emilia und Kimi eine, in ihren Augen, perfekte Wohnung gefunden. Sie war nicht so groß, wie Aleksis, eher klein und gemütlich und lag im gleichen Haus wie Tiias.

Angi war stolz, ihre drei Zimmer mit ein wenig Hilfe ihrer Eltern und auch von Pirja einrichten und gestalten zu können. Diesmal war alles so, wie sie es wollte. Und Emilia kümmerte sich darum, dass in das kleine Kinderzimmer neben dem Bettchen, der

Kommode und dem Schrank auch wieder gelbe Enten die hellblauen Wände verzierten.

Überhaupt hatte Angi nichts dagegen, dass Emilia ihr kreatives Geschick in ihrer Wohnung walten ließ, so bekam das Wohnzimmer passend zu den schwarzen Holzmöbeln und dem dunkelroten Sofa noch schöne Rosenapplikationen an die Wände und im Schlafzimmer umrahmten Engel Angis Schminktisch und das Bett. Die andere Wand füllte ein Kleiderschrank aus. Die kleine Küche füllte eine Einbauküche in weinrot, die Angi vom Vormieter erworben hatte, komplett aus.

Die Woche verging wie im Flug und Angi war froh, dass alles fertig geworden war, als sie sich mit Tiia auf den Weg machte, um Dominic aus dem Krankenhaus abzuholen.

Nur eins stand ihr noch bevor. Ein Gespräch mit Aleksi, denn als alleinerziehende Mutter hatte sie kaum das Geld um das Leben für sich und den Kleinen allein zu finanzieren. Aber Angi war zu stolz, um sich nur des Geldes wegen mit ihrem Noch-Ehemann zu treffen. Und er schien keinerlei Interesse an seinem Sohn zu haben. Immerhin wusste er von Kimi, dass es ihn gab.

Als Angi den Kleinen in sein Bettchen gelegt hatte und sich umsah fühlte sie sich schon sehr einsam. Aber das würde sicher bald vorbei gehen. „Wenn du willst kann ich die ersten Tage bei euch bleiben. Damit du dich in Ruhe an alles gewöhnen kannst," Tiia lächelte ihre Freundin aufmunternd an und Angi war dankbar über dieses Angebot.

Dominic war ein ruhiges Baby. Er schrie kaum und verbrachte die meiste Zeit des Tages mit schlafen.

Angis liebster Besuch in diesen Wochen war ihre über alles geliebte Schwiegermutter.

Pirja stand ihr gerne mit Rat und Tat zur Seite und Angi fühlte sich wohl. Über Aleksi sprachen sie nie. Nachdem Angi Pirja von der Trennung berichtet hatte, war diese sensibel genug, um nicht ständig für ihren Sohn zu betteln. Er war alt genug dies selbst zu tun. Aber das tat er nicht.

Für Pirja war ihr Enkelsohn eins dieser Wunder von denen man glaubt, dass sie nie passieren und die dann doch geschehen. Sie genoss es Angi zu zusehen, wie sie ihn wickelte, badete oder fütterte und ging ihr, wenn sie darum bat, auch gern zur Hand, damit sie sich ein wenig ausruhen konnte. Denn auch ruhige Babys hatten nicht unbedingt feste Schlafenszeiten.

Mit dieser Liebe die ihm geschenkt wurde entwickelte Dominic sich prächtig. Doch je älter er wurde, umso mehr kämpfte Angi mit sich selbst. Denn ihr Herz wusste, dass ihr Sohn einen Vater brauchte. Seinen Vater. Und sie tat das auch. Auch wenn sie ihre Mutterrolle voll und ganz erfüllte spürte sie doch von Zeit zu Zeit diese tiefe Leere in sich. Nach vielen schlaflosen Nächten fasste sie einen Entschluss.

Aleksi allerdings hatte Mittel und Wege gefunden, sich von seiner Trauer über die Trennung abzulenken. Sophia. Sie war eine willkommene Ablenkung für ihn gewesen. Und Aleksi genoss die Affäre die sie führten, ganz ohne jegliche Verpflichtung dem anderen gegenüber. Sein Leben war wieder frei von Sorgen, so wie es war, bevor er Angi kennen gelernt hatte.

Mehr als einen Scheck im Briefkasten und ein paar Bilder im TV bekam Angi von ihm nicht mehr zu sehen.

Sophia liebte Aleksi, aber es gelang ihr nicht ihn für sich zu gewinnen. Sie war nur eine unter vielen, das wusste sie, aber es war besser als gar nichts. Er war vogelfrei und er stürzte sich geradezu in das Leben. Immer wieder stand sein Partyleben im Fokus der Öffentlichkeit. Zwielichtige Bilder tauchten im Internet auf und zeigten den Finnen in Aktion, nicht selten mit glasigem Blick und einer Frau im Arm. Auch die Qualität der Musik litt unter seinen Eskapaden. Noch sagten die anderen Bandmitglieder nichts, aber ewig konnte es nicht so weiter gehen. Er hatte das Gefühl, das Angi ihn benutzt hatte. Nun sollte es anders herum sein. Jetzt wollte er die Frauen benutzen.

Sophia schmiegte sich von hinten an ihn. Sie war mit Aleksi, Kimi und Paasi im Tavastia, einem bekannten Club in Helsinki. Die Stimmung war ausgelassen und feucht fröhlich. Aleksi und Kimi hatten viel zu lachen, während Sophia die vorüber laufenden Leute betrachtete. Bei den anzüglichen Blicken mancher Frauen verstärkte sich ihr Griff um seine Mitte unmerklich, als müsste sie ihn festhalten. Natürlich blieben auch die anwesenden Schönheiten Aleksi nicht verborgen und er ließ seinen Blick anerkennend über manchen leicht bekleideten Körper schweifen. Sophia, die an ihm wie eine Klette hing, war ihm dabei völlig egal.

Doch all die Frauen konnten das Loch in seinem Herzen nicht füllen. So sehr er sich auch einredete, dass es anders war, er fühlte sich leer.

Langsam schob Angi den Kinderwagen vor sich her. Sie hatte lange mit sich gerungen, bis sie den Entschluss gefasst hatte, dass es nicht genug war, wenn monatlich ein Scheck im Briefkasten lag. Schon von weitem sah sie Mikko, der vor dem Probenraum stand.

Als er sie sah winkte er ihr aufgeregt zu. Er hatte Angi nun schon über ein halbes Jahr nicht mehr gesehen.

„Darf ich ihn mal halten?" fasziniert sah Mikko das kleine Bündel im Kinderwagen an.

Angi nickte.

Vorsichtig nahm er Dominic aus dem Kinderwagen: „Du bist also Dominic, von dem Kimi schon so viel erzählt hat."

„Man sieht gleich wo er herkommt. Ganz der ….." plötzlich war Mikko still.

Aleksi hörte den Klang einer vertrauten Stimme. Eine Stimme, die in seinen Ohren so zart flatterte, wie die Flügel eines Schmetterlings. Er begab sich auf den Weg nach draußen.

Wenige Sekunden verharrte er nachdenklich, bevor er sich den beiden näherte. Aleksi war unmerklich hinter Angi getreten: „Darf ich ihn sehen?"

Angi zuckte beim Klang seiner Stimme leicht zusammen und ein Schauer lief über ihren Rücken. Aber sie riss sich zusammen. Immerhin hatte sie schon vor längerem aus der Presse von Aleksis Affäre erfahren und somit war das Thema für sie erledigt. Zumindest redete sie sich das ein. „Aber sicher, er ist auch dein Sohn." Angi sah das kleine Bündel an.

Auch wenn Aleksi klar gewesen war, dass Angi nicht begeistert sein würde ihn zu sehen, tat ihm ihre Kälte mehr weh als er erwartet hatte. Aber was hatte er erwartet? Immerhin war er derjenige, der eine Affäre hatte. Als er Dominic sah lief ihm ein eisiger Schauer über den Rücken. Der schwarze Haarschopf und die eisblauen Knopfaugen. Er fühlte sich, als würde er sein eigenes Babyfoto betrachten.

„Können wir kurz reden?" Aleksi betrachtete Angi unsicher. Aus dem Gothic Girlie war eine wunderschöne Frau und Mutter geworden.

Angi legte Dominic wieder in den Kinderwagen: „Kannst du kurz auf ihn aufpassen Mikko?"

Mikko nickte.

Sie gingen ein Paar Meter bis Mikko sie nicht mehr hören konnte.

Angi drehte Aleksi den Rücken zu: „Ich bin nicht wegen unserer Beziehung hier. Es gibt nur noch dich und mich. Aber Dominic braucht einen Vater, nicht nur einen Scheck im Briefkasten."

Aleksi packte Angi an der Schulter und drehte sie um. Sie standen jetzt ganz dicht bei einander. Die Stimmung war zum zerreißen gespannt. In diesem Moment spürte Aleksi wie sehr er Angi immer noch liebte. Bevor Angi reagieren konnte, küsste Aleksi sie.

Erschrocken schob Angi ihn von sich: „Fang nicht wieder damit an. Immer wenn ein Problem auftrat haben wir uns getrennt und sobald es erledigt war wieder versöhnt. Jedes Mal haben wir uns vorgemacht unsere Liebe würde nun alles überstehen. Zweimal sind wir gescheitert. Ich will es nicht auf ein drittes Mal ankommen lassen."

„Seit wann hast du Angst?" Aleksi versuchte zu lächeln, aber seine Stimme zitterte.

Angi sah ihn kühl an: „Du nennst es Angst. Ich nenne es Verantwortungsgefühl. Etwas was du nicht besitzt."

Dieses Worte trafen Aleksi: „So denkst du also von mir. Aber ich möchte sehen, wie mein Sohn aufwächst. Ich habe ein Recht dazu." Hier musste Angi ihm zustimmen: „Ja das hast du. Aber eben auch nicht mehr. Du kannst ihn jederzeit besuchen. Das muss dir reichen. Und grüße Sophia" Sie drehte sich um und ging zu Mikko.

Aleksi sah ihr hinterher. Er hoffte sie würde sich noch einmal umdrehen. Sie war seine Traumfrau. Sie und keine andere. Doch er war einfach unfähig ihr das zu zeigen.

Mikko nahm sie freundschaftlich in den Arm: „Schön das du da warst. Wir vermissen dich alle sehr. Vor allem Aleksi." Seit Aleksi die Liaison mit Sophia hatte, merkte Mikko noch stärker, wie gut sie es mit Angi gehabt hatten.

Angi schluckte die Tränen runter: „Ich weiß, aber so sehr ich es wollte, es geht einfach nicht. Außerdem hat er doch jetzt Sophia."

Aber Mikko winkte ab: „Ach Angi, Sophia ist nur Ablenkung. Er wird nie aufhören, dich zu lieben."

„Das arme Mädchen. Mach's gut Mikko." Angi fühlte sich nun nur noch mehr in ihrer Meinung bestätigt. Wie sollte ein Mann ein Kind groß ziehen, der sich einfach so durchs Leben treiben ließ.

Gleich am nächsten Tag stand Aleksi vor Angis Tür.

Früher als sie erwartet hatte. Für einen Moment überlegte sie, ihn einfach vor der Tür stehen zu lassen. Sie betrachtete ihn durch den Türspion. Er hatte auf seine „Berufskleidung" verzichtet und trug eine blaue Jeans und ein T-Shirt.

Sie versuchte so normal wie möglich mit ihm umzugehen, da Dominic spürte, wenn seine Mutter angespannt war und sie wollte ihm nicht noch mehr Stress zumuten, als dieser fremde Mann ihm machen musste.. „Kommst du mit ihm allein zu recht? Ich würde gern duschen gehen," Aleksi hatte Angi mit seinem frühen Erscheinen völlig überrumpelt.

Aleksi nickte und setzte sich neben seinen Sohn, der auf der Spieldecke lag und alles ganz genau beobachtete. Und zum ersten Mal in seinem Leben war Aleksi sich nicht mehr sicher, was für ihn das Wichtigste im Leben war. Die Anwesenheit dieses kleinen Menschen erfüllte ihn mit soviel Wärme, wie er es noch nie erlebt hatte und als Dominic ihn anlächelte lief ihm eine Träne über seine Wange.

Angi war aus dem Bad gekommen und hatte sich auf leisen Sohlen dem Wohnzimmer genähert. Andächtig beobachtete sie nun die Situation.

„Meinst du, zwischen der Mama und mir das wird noch mal was? Ich weiß, ich habe mich die letzten Monate nicht um euch gekümmert, aber ich war so hilflos. Ich weiß, dass war egoistisch von mir.

Aber jetzt bin ich da und lasse euch nicht mehr allein. Und egal was dir die anderen erzählen. Dein Papa liebt dich," er wusste nicht warum, aber er fühlte sich dem Kleinen Rechenschaft schuldig. Die kleinen Knopfaugen sahen ihm aufmunternd entgegen. Fast schienen sie auszudrücken „Das wird schon."

„Wie lange stehst du da schon?" erschrocken sah Aleksi Angi an.

„Lange genug", sie lächelte. „Er mag dich. Und das obwohl er dich heute erst zum zweiten Mal sieht."

Aleksi schluckte: „Ich bin auch sein Vater." Zum ersten Mal seit Dominics Geburt fühlte er diese Worte und die Verantwortung die damit verbunden war. Verantwortung für ein kleines Leben. „Wie könnte ich das vergessen. Sieh ihn doch nur einmal an. Jeder der ihn sieht, sieht dich", Angi sah stolz Dominic an, der versuchte Aleksis Aufmerksamkeit zu bekommen, ihre Stimme klang gefasst. Doch sie war froh, dass er Dominic ansah, denn in ihren Augen lag pure Verzweiflung.

Von diesem Tag an kam Aleksi wann immer es ihm möglich war seinen Sohn besuchen. Sophia wurde zur Nebensache. Dann und wann traf er sich noch mit ihr, aber seine Prioritäten begannen sich zu wandeln.

Eine Entwicklung, die vor allem Pirja mit Stolz erfüllte. Denn sie hatte ihn nicht so erzogen, dass er sich vor Verantwortung versteckte.

Wie immer, wenn er Zeit hatte, saß Aleksi auf dem Boden neben seinem Sohn in Angis Wohnung und war erfüllt von einer tiefen Liebe.

„Wenn er alt genug ist, nehme ich ihn mit auf Tour," Aleksi krabbelte seinem Sohn den Bauch.

Tiia, die an diesem Tag mit ihm auf Dominic aufpasste, sah ihn belustigt an: „Das kann ich mir richtig vorstellen. Du auf der Bühne mit dem Zwerg auf dem Rücken."

Aleksi lächelte, doch dann überzog ein dunkler Schleier sein Gesicht.

„Sag mal Tiia, wieso lässt Angi mich nie mit Dominic allein?"

„Sie vertraut dir noch nicht. Es braucht einfach Zeit, aber glaub mir, es wird sich alles entwickeln. Außerdem bist du immer noch mit Sophia zusammen."

„Ach Sophia.", die hatte Aleksi völlig verdrängt, sein ganzes Interesse galt seiner Familie, „Ich hoffe das Angi mir noch einmal eine Chance gibt. Aber ich weiß wirklich nicht, was ich noch tun soll, um sie zurück zu gewinnen." „Trenn dich von Sophia und sei einfach weiter ein guter Vater."

„Und was soll das bringen?"

„Ihre Gefühle für dich sind unverändert. Sie liebt dich, aber sie muss sich eben sicher sein, was das Beste für Dominic ist. Er ist ihr Lebensmittelpunkt."

Aleksi glaubte sich verhört zu haben: „Sie liebt mich?"

„Wenn es um so etwas geht seit ihr Männer eben doch blind."

Angi stand in der Tür: „Bei was sind Männer blind?"

Tiia sah sie überrascht und mit vor Schreck geöffnetem Mund an: „Du schon hier? Angi! Was hast Du denn gemacht? Deine Haare - wo sind deine langen Locken hin? Wie kannst du mich so erschrecken? So guckt dich doch kein Mann mehr an." Angi amüsierte sich köstlich über die Reaktion ihrer Freundin und vor allem über die Gesichter der beiden.

„Weg. Neues Leben, neue Frisur," Angi hatte sich von ihren langen Locken getrennt und trug jetzt einen modischen Schnitt, der die Haare kurz über den Schultern enden ließ.

Aleksi staunte nicht schlecht über den neuen Look. So attraktiv und frech hatte sich Aleksi die Mutter seinen Sohnes in seinen kühnsten Träumen nicht vorgestellt: „Respekt, du siehst einfach zum Anbeißen aus."

Angi stockte kurz, überging dieses Kompliment und widmete sich sofort Dominic: „Na wie geht's meinem kleinen Schatz?" Dominic grunzte vergnügt. Dann wandte Angi sich wieder Tiia zu: „Sind die beiden gut klar gekommen? Oder brauchte Aleksi oft Hilfe?"

Tiia hatte schon ihre Jacke geholt: „Frag ihn doch einfach selbst. Ich bin dann mal weg. Noch einen schönen Abend euch beiden."

Lange saßen Angi und Aleksi noch zusammen und Dominic genoss es sichtlich, beide Eltern um sich zu haben. Und keiner merkte wie die Zeit verging.

Plötzlich fing Dominic an zu weinen.

„Ich glaube er hat Hunger. Setz dich bitte mit ihm auf den Sessel. Ich hole seine Flasche", Angi ging in die Küche. Es war mittlerweile schon kurz vor Mitternacht. Angi gab Aleksi die Flasche und er fütterte Dominic, während sie die beiden beobachtete.

Aleksi sah sie an: „Du siehst müde aus. Leg dich ruhig schlafen, ich kümmere mich schon um den Fratz. Du hast sicher lange keine Nacht mehr geschlafen."

Auch wenn Angi bei dem Gedanken Aleksi über Nacht bei sich zu haben kein gutes Gefühl hatte, so war ihre Müdigkeit doch größer: „Danke. Aber wenn was ist, weck mich bitte."

Er weckte Angi nicht.

Nach diesem Abend blieb Aleksi öfter über Nacht und sie kümmerten sich abwechselnd um Dominic. Als Eltern waren sie mittlerweile ein eingespieltes Team, aber von einem Liebespaar meilenweit entfernt. Doch das sah die Weltpresse natürlich völlig anders.

Jeder gemeinsame Auftritt in der Öffentlichkeit gab gleich einen neuen Zeitungsartikel. Die Schlagzeilen überschlugen sich.

Frontmann wieder zu Hause angekommen?

Vom Düsterrocker zum Vorzeigepapa!!

Traumpaar wieder vereint?

Groupie abserviert!

Doch in Angi saß die Angst erneut verletzt zu werden tief. Dabei war sie es gewesen, die ihn verlassen hatte.

Und Aleksi wollte das was er mittlerweile hatte nicht durch plumpe Annäherungsversuche ruinieren, zu groß war seine Angst, dass sie ihn ganz aus ihrem Leben ausschließen könnte. Er hatte gelernt, zu nehmen, was er bekam und das war die Zuneigung seines Sohnes. Aber er hatte Tiias Rat befolgt und seine Affäre mit Sophia beendet. Diese war zutiefst gekränkt in einer Nacht- und Nebelaktion nach Deutschland zurückgekehrt. Noch im Flieger hallten seine Worte in ihrem Kopf wieder: Was hast du geglaubt, was du bist? Meine nächste Ehefrau? Armes naives Mädchen. Trotzdem danke für das kleine Abenteuer. Nun kannst du dich ja bei deinen

Freundinnen damit rühmen, Nummer 1369 gewesen zu sein. Oder verkauf doch die Story an die Presse, damit du auch noch etwas davon hast. Nur darum ging es dir doch. Reich und berühmt wolltest du werden. Aber nur so als Tipp für den nächsten Idioten, der auf deine Reize rein fällt, nimm keinen der verheiratet ist. Wer seine Ehefrau für dich verlässt, wird auch dich irgendwann verlassen. Denn mehr als Schönheit hast du nicht zu bieten.

Sie hatte ihm nicht einmal Kontra geben können. Seine Worte donnerten nur so auf sie ein. Aber er hatte wohl recht gehabt, sie hätte klüger sein müssen. Schon einmal hatte sie ihn an Angi verloren. Obwohl sie, hätte sie die Sache objektiv betrachtet, sich hätte bewusst sein müssen, dass sie ihn nie wirklich besessen hatte.

Sie hatte so eine ungeheure Wut im Bauch und am liebsten hätte sie sein Leben zerstört. Aber wer war sie schon? Ein kleines Licht unter all seinen Affären. Kaum ein Reporter würde sich für ihre Geschichte interessieren, zu viele davon hatten sie schon gehört. Gegen ihre Art wollte Sophia nun nur noch ihre Ruhe. Genug Hohn und Spott würde in Deutschland auf sie warten. Sie hatte alles gehabt und war nicht in der Lage gewesen das zu halten.

Es war ein sonniger Tag und Dominics erster Geburtstag stand vor der Tür. Aleksi hatte sich extra die letzten Tage intensiv um das neue Album gekümmert, um an diesem Tag die Zeit zu haben mit seinem Sohn zu feiern. Auch Angis Eltern waren aus Deutschland gekommen, um endlich einmal ihren Enkel zu sehen. Bisher kannten sie ihn nur von Fotos die Angi ihnen geschickt hatte. Da Angi es mit Unterstützung ihres Vaters geschafft hatte, einen Besuch ihrer Eltern zu verhindern. Sie wollte erst selbst ihr Leben ordnen, bevor sie sich ihrer Mutter stellte. Auch sie wussten, dass Angi und Aleksi sich getrennt hatten und waren gespannt, wie das Familienleben der beiden so aussah. Natürlich war auch Aleksis Mutter da und die Bandkollegen, sowie Emilia, Tiia und Mikael.

„Wo ist denn mein Enkelsohn?" Sonja war kaum zur Tür herein, als sie Ausschau nach Dominic hielt. Als sie sah, dass Aleksi ihn auf dem Arm hatte verdrehte sie die Augen: „Der ist ja auch hier."

Jochen stieß seine Frau in die Seite. Sie benahm sich wieder unmöglich. Jochen interessierte sich viel mehr für die Erziehung seines Enkels: „Wie sprecht ihr mit ihm? Versteht er mich?"

Angi lächelte ihren Vater an: „Er versteht, was ein Baby eben versteht. Tiia und ich sprechen deutsch mit ihm und bei den anderen kommt es darauf an, wer dabei ist."

„Zweisprachig erzogene Kinder sind intelligenter als andere," stellte Jochen fest.

Sonja hatte in der Zwischenzeit Aleksi davon überzeugt ihr Dominic zu geben und sie wiegte stolz ihren Enkel im Arm.

Dann nahm Angi ihn ihr ab: „So das Geburtstagskind muss jetzt ins Bett." Nachdem Dominic schlief setzten sich alle ins Wohnzimmer. Angi ging mit ihrem Vater auf den Balkon.

Jochen sah seine Tochter bewundernd an: „Wie erwachsen du geworden bist. Als du vor ein Paar Jahren hier her geflogen bist, warst du noch mein kleines Engelchen."

Angi wurde rot. Sie mochte nicht, wenn ihr Vater ihr Komplimente machte. Sonja war mit Pirja in die Küche gegangen und ließ sich das erste Lebensjahr ihres Enkels genau schildern.

So konnte Angi mit ihrem Vater auch über Dinge reden, die ihre Mutter einfach nicht verstand.

Und Jochen wollte alles genau wissen: „Wie läuft das denn jetzt zwischen dir und Aleksi? Wohnt ihr wieder zusammen?"

Angi schüttelte mit dem Kopf: „Er übernachtet öfter hier. Aber es ist gut wie es ist. Dominic hat ein sehr enges Verhältnis zu seinem Vater aufgebaut und ich denke, dass ist für seine Entwicklung sehr wichtig."

Aber das stellte ihn noch nicht zufrieden: „Und wie geht es dir? Willst du ihm nicht noch eine Chance geben?"

„Manchmal ja, manchmal nein. Ach Papa, ich bin einfach zerrissen. Ich habe Angst, dass wir mit unserer Liebe alles kaputt machen, was wir uns in den letzten sechs Monaten aufgebaut haben," Angi stützte ihren Kopf in ihre Hände.

Jochen sah sie zuversichtlich an: „Du wirst schon die richtige Entscheidung treffen. Für dich und Dominic."

Tiia kam zu ihnen: „Ich hoffe ich störe nicht, aber du solltest besser rein kommen. Dominic ist aufgewacht."

„Ist Aleksi nicht bei ihm?"

„Doch schon, aber.. Ach sieh es dir selber an."

Angi merkte schnell was Tiia meinte.

Angis Mutter stand laut schimpfend neben Aleksi: „Gib mir endlich meinen Enkel, du hast kein Recht ihn zu halten. Einen Vater wie dich braucht er nicht."

„Mutter! Du gehst zu weit", schützend stellte sich Angi vor Aleksi und ihren Sohn, der bei der ganzen Aufregung wie wild schrie.

Jochen nahm seine Frau zur Seite: „Sonja es ist schon spät, besser wir fahren ins Hotel." Ihm war ihr Verhalten so schrecklich peinlich.

„Wir können euch mitnehmen. Emilia und ich wollten Pirja auch nach Hause fahren," Kimi holte ihre Jacken.

Angi warf ihm einen dankbaren Blick zu. Ihre Mutter ging einfach zu weit, auch wenn sie es eigentlich nicht so meinte. Angi umarmte ihre Eltern zärtlich: „Es war schön, dass ihr da wart. So bald Dominic groß genug ist kommen wir euch besuchen."

Jochen war dankbar, dass sie bereits am nächsten Tag wieder nach Deutschland mussten, da er an einem wichtigen Projekt für seine Firma arbeitete und nicht mehr als zwei freie Tage bekommen hatte.

Nachdem auch die anderen sich verabschiedet hatten und Tiia Mikael zur Tür geschoben hatte und sich dann selbst auf den Heimweg gemacht hatte, wandte sich Angi an Aleksi: „Es tut mir wahnsinnig Leid, wie sie dich behandelt."

Vorsichtig legte Aleksi seine Arme um sie: „Du kannst nichts dafür." Und zum ersten Mal seit über einem Jahr entstand, ohne dass sie es merkten, wieder ein kleines bisschen Nähe zwischen ihnen. Aber es sollte noch ein langer Weg sein, bis beide ihr Ziel erreichen würden.

Nach Dominics Geburtstag nahm wieder alles seinen gewohnten Gang. Mit der Ausnahme, dass Aleksi zur Zeit wieder irgendwo durch Europa tourte, um das neue Album zu promoten. Seit sie getrennt waren, wusste Angi nie genau wo und es war ihr auch egal. Zumindest wollte sie, dass es ihr egal war.

„Warum machst du es ihm so schwer?" Tiia sah ihre Freundin fragend an. Aber Angi winkte ab: „Ich mache es ihm nicht schwer. Wie oft soll ich noch sagen, dass es zwischen uns vorbei ist. Dominic ist alles was uns verbindet." „Das kannst du deiner Großmutter erzählen. Ich sehe doch, wie verträumt du bist, wenn du seine Stimme im Radio hörst," Tiia drehte das Radio noch ein Stück lauter.

Angi stellte es aus: „Du spinnst. Ganz einfach. Ich bin Mutter eines einjährigen Sohnes und kein pubertierender Teenager."

„Aber genau so benimmst du dich. Fast das ganze Album dreht sich um dich und seine Liebe zu dir, dass musst selbst du einsehen. Mach nicht den Fehler und verschließ dich. Geh mal wieder zu einem ihrer Konzerte. Mach einfach Party. Pirja nimmt Dominic sicher für einen Abend. Und ich begleitet dich gern", Tiia ließ nicht locker und im Gegensatz zu Angi wusste sie über jeden Schritt der Band genau beschied. „Na gut aber nur damit du endlich damit aufhörst."

Tiia begleitete Angi nur zu gerne zu ihrer Schwiegermutter. „Kommt doch rein. Was verschafft mir die Ehre?" Pirja empfing sie mit ihrer üblichen Wärme.

„Tiia möchte mich unbedingt zu einem Konzert deines Sohnes schleppen und da sie heute hier sind, dachte sie es wäre eine tolle Gelegenheit hin zu gehen," Angi gab Pirja Dominic.

„Dachte sie also. Es ist sicher gut, wenn du etwas abschaltest. Du bist jung und da braucht man das sicher ab und zu einmal. Du kannst Dominic morgen im Laufe des Tages abholen. Er ist so ein friedliches Baby, dass man einfach gern um sich hat," Pirja zwinkerte Tiia zu. Die beiden hatten schon lange auf einen passenden Moment gewartet. Auch sie hoffte auf eine weitere Annäherung zwischen ihrem Sohn und Angi.

„Endlich wieder meine alte Angi," Tiia sah stolz, dass Angi sich tatsächlich gestylt hatte, „Wenn ich nur deine Figur hätte."

„Ja ja nun lass mal gut sein, sonst kommen wir noch zu spät."

Die Band sollte an diesem Abend in einem der angesagtesten Clubs in Helsinki auftreten.

Der Türsteher staunte nicht schlecht, als er Angi wieder sah: „Ich dachte schon, du hättest die Stadt verlassen nachdem Aleksi sich ein Betthäschen zugelegt hat. Du hast dich ja über ein Jahr nicht blicken lassen. Wie geht es dem Baby?"

Angi lächelte nur: „Danke, dem geht es sehr gut. Wieso sollte ich die Stadt verlassen? Aleksi ist nicht der einzige Mann auf der Welt." Nach all den Zeitungsberichten, wollte Angi vor allen Dingen eins. Sich amüsieren..

Angespannt saß Angi auf einem Barhocker in einer Ecke, von der sie die Bühne gut sehen konnte. Das Gedränge der Massen war nie ihr Fall gewesen.

Tiia zwinkerte ihrer Freundin zu: „Nun entspann' dich doch endlich mal. Gute Getränke, gute Musik, was will man mehr?"

Angi nickte und trank einen kräftigen Schluck von ihrem Cuba Libre. Es war der erste Tropfen Alkohol, den sie seit der Geburt von Dominic angerührt hatte und das machte sich sofort bemerkbar. Schon nach dem zweiten Cocktail wurde Angi lockerer.

Tiias Plan ging auf. Sie wollte ihre Freundin nicht durch den Alkohol gefügig machen, aber er erleichterte sicher einiges. Schon beim vierten Lied tanzten die beiden ausgelassen und Angi vergaß all ihre Bedenken und genoss den Abend. Sie ließ sich richtig fallen und von der Musik tragen. So befreit hatte sie sich seit Langem nicht gefühlt. Dank ihrer neuen Frisur konnte sie fast unerkannt in der Menge mit rocken.

Nach dem Konzert tigerte Kimi frisch geduscht und in legere Klamotten gehüllt durch den Club. Noch hatte ihn niemand erkannt. Doch bevor man ihn sichten konnte, entdeckte er jemanden. „Was sehen meine müden Augen: Angi. Mit allem hätte ich gerechnet, aber nicht mit dir."

Drei Cuba Libre später und Angi hatte bereits sämtliche Grenzen überschritten. Lachend fiel sie Kimi um den Hals und freute sich ihn zu sehen. „Kimi, Bock auf Party?" Der schlanke Finne erwiderte die Umarmung herzlich und plauderte mit ihr, einer seiner besten Freundinnen. Sie lachten herzlich und noch bevor Kimi ihr einen weiteren Drink spendieren konnte, tauchte unvermittelt Aleksi neben ihnen auf, der eine Leichenbittermiene zur Schau stellte.

Tiia hatte Aleksi schon von weitem heran kommen sehen. „Ich glaube du bringst sie besser nach Hause", sagte sie, nachdem er bei ihnen angelangt war.

Aleksi nickte steif und überlegte wie er sie wohl dazu bewegen konnte. „Hallo Engel", sagte er versöhnlich und musste sich zu ihr hinunter beugen, damit sie ihn bei der lauten Musik auch verstand und hielt ihr höflich die Hand zum Gruß hin. Angi war verdutzt, doch durch den Alkohol in Superstimmung. Sie schüttelte ihm die Hand und erwiderte den Gruß. Angi wandte sich wieder Kimi zu, der sich gerade eine Zigarette angezündet hatte und den Rauch einsog. Er war so witzig und sie konnte ihm stundenlang zu hören und einfach nur lachen. Das braune Haar stand in wirren Strähnen von seinem Kopf ab. Er sah frech aus, doch dieser Stil passte hervorragend zu ihm. Auch schien er ein besseres Auge für Kleidung zu haben als Aleksi, stellte Angi just in diesem Moment fest.

„Kommst Du? Ich möchte Dich gerne nach Hause bringen." Angi sah ihn entgeistert an. „Ich möchte aber noch bleiben." Sie schwankte leicht. Sie hatte gerade so viel Spaß und amüsierte sich blendend. Warum um alles in der Welt sollte sie jetzt schon gehen? Aleksi ahnte, dass es schwierig werden würde. Gerade als er zu einer Antwort ansetzen wollte, bekam Angi einen Stoß von hinten. Ein Betrunkener hatte den Halt verloren und war in sie hinein gelaufen. Sie konnte das Gleichgewicht nicht halten und fiel Aleksi geradewegs in die Arme. Der Inhalt des Cocktails ergoss sich über Aleksis schwarze, mit Nieten besetzte Lederjacke. Er schüttelte den Arm und Kimi, der gerade vier neue Getränke organisiert hatte, lachte angesichts des Dramas. Angi war plötzlich still geworden und stand wie angewurzelt da. „Was ist los?", fragte Kimi, als er ihr einen weiteren Cuba Libre reichte. „Mir ist schwindelig. Ich glaube, ich hatte zu viel." Kimi schüttelte den Kopf mit dem kantig wirkenden Gesicht. „Du hattest sicher nicht zu viel, Du warst nur zu schnell." Aleksi beobachtete die Vertrautheit der beiden von der Seite mit Widerwillen. Es gefiel ihm gar nicht, dass er nicht im Mittelpunkt stand. Fragend sah er Kimi an. „Ihr ist schlecht", antwortete dieser, als ob er Gedanken lesen konnte.

Aleksi überredete Angi frische Luft zu schnappen und verließ mit ihr den Club. Aleksi ging mir ihr ein Stück und setzte Angi auf eine Bank, damit sie langsam zu sich kommen konnte.

„Schön, dass du da warst. Auch wenn ich dich lieber nüchtern gesehen hätte."

Angi stütze den Kopf auf ihre Hände: „Bedanke dich bei Tiia. Sie hat mich fast gezwungen sie zu begleiten."

Aleksi hatte sich vor sie hingehockt und verlor sich in ihren schönen dunklen Augen. Langsam näherten sich ihre Gesichter einander und Angi wusste, dass sie ihm in ihrem Zustand hilflos ausgeliefert war. Sie konnte sich nicht dagegen wehren und ließ es geschehen, dass er sie küsste. Sie war nicht mehr Herr ihrer Sinne. Aber vielleicht war es genau das, was sie brauchte. Aleksi küsste sie vorsichtig, als könne sie bei seiner Berührung zerbrechen. Angi war wie elektrisiert, hatte die Augen geschlossen und sah ihn enttäuscht an, als er seine Lippen von ihren löste. Aleksis Mund umspielte ein leichtes Lächeln. Wie lange hatte er auf diesen Moment warten müssen? Er zog sie auf die Füße. „Komm wir gehen heim."

Angi nickte und küsste ihn von selbst noch einmal bevor sie aufbrachen.

„Na hübsch Kopfschmerzen?" , sagte Tiia bei ihrem Besuch am nächsten Morgen.

Angi rieb sich verschlafen die Augen: „Wenn es nur das wäre. Tiia ich trinke nie wieder Alkohol."

Tiia schob sich an Angi vorbei und lugte durch den Türspalt ins Schlafzimmer. „Oh du bist allein?" Tiia konnte ihre Überraschung nicht verbergen.

Angi wusste worauf Tiia hinaus wollte: „Was soll ich sonst sein? Hast du hier irgendjemanden erwartet?"

Tiia schüttelte verlegen den Kopf.

Aber Angi ließ nicht locker: „Falls du Aleksi suchst, der holt Dominic ab." Jetzt fühlte sich Tiia auf ganzer Linie ertappt.

„Nicht ganz, ich bin schon wieder zurück," Aleksi kam herein und gab Angi einen zarten Kuss auf die Wange und ging dann mit Dominic ins Kinderzimmer.

Tiia verschlug es glatt die Sprache. Aber die fand sie schnell wieder: „ Nun sag schon, was ist passiert? Habt ihr?"

Angi schüttelte den Kopf: „Nein haben wir nicht. Du müsstest Dein Gesicht jetzt mal sehen."

So ganz wollte Tiia das nicht glauben, aber es hatte keinen Sinn nachzubohren.

„Ich muss dann auch schon wieder los. In zwei Monaten bin ich zurück," Aleksi ging zur Tür.

„In Ordnung. Bis dann," Angi wollte die Tür schließen, „ Ach Aleksi, danke."

Er sah sie zärtlich an: „Du hast hoffentlich nichts anderes von mir erwartet." Dann verschwand er.

Und nur Aleksi wusste, wofür Angi sich bedankt hatte.

Tiia konnte kaum an sich halten: „Und jetzt sag du mir noch mal, dass da nichts mehr ist. Das knistert ja so gewaltig, wie wenn eine ganze Scheune brennt."

„Wenn du meinst," Angi hatte in diesem Moment keine Lust Tiias Zweifel zu zerstreuen.

Aleksi wurde schon am Flughafen erwartet.

„Und hattet ihr eine heiße Nacht?" Kimi wollte sofort alles wissen.

Aleksi sah ihn belustigt an: „Und wie. Die ist vielleicht abgegangen."

Kimi sah ihn mit offenem Mund an.

Jetzt musste Aleksi lachen: „Mach den Mund wieder zu. Es ist nichts passiert. Ihr haltet mich echt für ein Monster."

„Nein, nur für einen Mann, der eine hübsche und betrunkene Frau nach Hause gebracht hat und das genutzt hat," Kimi klopfte ihm auf die Schulter, „Aber du wirst schon wissen, was du tust."

Ja, dass wusste Aleksi und er wusste auch, dass das was in der vergangenen Nacht passiert war nur ihn und Angi etwas anging.

Doch bald sollte aus ihrem kleinen Geheimnis ein ziemlich großes werden.

Zwei Monate später saß Angi wie ein Häufchen Elend auf der Wohnzimmercouch. Aleksi war an diesem Tag von einem Videodreh in den USA zurück gekehrt.

Angis Hände zitterten als sie zum Telefonhörer griff. Was sie an diesem Tag erfahren hatte, konnte sie selbst kaum glauben. Nie hätte sie gedacht, dass ein kleiner Moment der Schwäche solche Folgen haben könnte. Sie versuchte sich zusammen zu reißen: „Bist du gut zu Hause angekommen?"

„Was ist los? Deine Stimme zittert", Aleksi merkte sofort, dass etwas nicht stimmte.

Angi bekam kaum noch ein Wort raus.

„Ich bin gleich bei dir", Aleksi legte auf. So verwirrt und verzweifelt hatte er Angi nicht einmal bei ihrer Trennung erlebt. Hoffentlich war nichts mit Dominic.

Aleksi war kaum zur Tür rein, da fiel Angi ihm auch schon weinend um den Hals: „Wir haben einen schlimmen Fehler gemacht. Das hätte nie passieren dürfen."

„Wir waren uns doch einig, dass es ein einmaliger Ausrutscher war," Aleksi strich Angi sanft durchs Haar. Er hatte seit dieser Nacht nie wieder Anstalten gemacht sich ihr zu nähern. Somit sah er darin auch kein Problem. Beide waren sich damals einig gewesen, dass es ein einmaliges Zurückfallen in alte Gewohnheiten gewesen war. Das letzte Auflodern bevor die Flamme erlischt.

Aber Angi war verzweifelt: „Erwachsene Menschen dürfen sich nicht so gehen lassen. Wir hätten an die Folgen denken müssen."

Aleksi verstand immer noch nicht worauf sie hinaus wollte: „Was denn für Folgen? Ich habe dich doch zu nichts verpflichtet." Er sah in Angis Tränen gefüllte Augen und langsam glaubte er zu verstehen: „Du weißt, dass ich dich immer noch liebe und egal was passiert ist, daran wird sich nichts ändern."

Angi löste sich aus seinen Armen: „Aber das geht einfach nicht, dass kann nicht gut gehen."

„Hast du eine andere Wahl? Oder willst du ein Leben zerstören?" Aleksi fühlte, wie in ihm die Hoffnung aufkeimte, dass Angi endlich nicht mehr davon laufen würde. Auch wenn die Umstände ihm ein wenig Angst machten.

Für Angi bedeutete dieses neue Leben keine Hoffnung, für sie war es eine Katastrophe. Das Ergebnis eines einzigen Moments der Schwäche.

„Bin ich kein guter Vater? Wenn du Angst vor der Einsamkeit hast, dann kommt ihr einfach mit oder ich trete kürzer. Gib mir doch bitte die Chance nicht nur für Dominic sondern auch für dich da zu sein," Aleksi wusste, dass nun seine einzige Chance gekommen war, um Angi davon zu überzeugen es noch ein letztes Mal darauf ankommen zu lassen.

Angi schluckte: „Und für unser Baby?"

Aleksi nahm sanft ihren Kopf in seine Hände: „Und für unser Baby!"

Angi fühlte sich in diesem Moment so hilflos, denn sie wusste, dass sie keine andere Wahl hatte.

In den darauf folgenden Monaten war Angi wie in Trance. Sie bekam kaum mit, wie begeistert sich alle um den Hausbau kümmerten. Als die Band vor Jahren ein großes Areal als Geldanlage gekauft hatten, hätte Aleksi nicht für möglich gehalten, dass er nach Emilia und Kimi nun das zweite Haus bauen würde. Fast täglich besprach er mit dem Architekten neue Ideen. Es sollte einfach perfekt werden. Am Ende erstreckt sich das gewaltige Haus über drei Etagen, plus ausgebautem Keller und Dachboden. Man hätte denken können, Aleksi plante noch zehn weitere Kinder. Genug Platz wäre in jedem Fall gewesen.

Endlich war das Haus bezugsfertig und komplett eingerichtet. Aleksi schwärmte davon: „Es ist riesig. Und.."

Angi unterbrach ihn: „Ich habe Angst. Schreckliche Angst. Was ist, wenn ich mit zwei Kindern überfordert bin?" Zum ersten Mal konnte sie aussprechen, was sie die ganze Zeit so belastete.

„Du bist eine tolle Mutter. Und ich habe da eine Idee, die ich aber erst mit dir besprechen wollte. Ich will dir nichts auf zwängen," Aleksi sah sie abwartend an, „Was würdest du sagen, wenn meine Mutter mit in das Haus zieht? Es ist groß und wenn ich unterwegs bin wäre niemand allein."

Angi konnte nur nicken. Aber innerlich fiel ihr ein riesiger Stein vom Herzen. So sehr hatte sie sich davor gefürchtet oft allein mit zwei kleinen Kindern zu sein. War es für andere ein Albtraum, die Schwiegermutter im Haus zu haben, so war es für Angi wie eine Erlösung.

Angi hatte gewollt, dass Aleksi sich um alles kümmert und sie in ein fertig eingerichtetes Haus kommt. Sie hatte mit sich selbst genug zu tun. Und ihre Schwangerschaft verlief diesmal nicht gerade problemlos. Ständig war ihr übel und mindestens einmal im Monat musste sie zum Arzt, weil sie Schmerzen im Unterleib hatte. Doch nicht einmal ihr Arzt konnte zu diesem Zeitpunkt ahnen, was noch folgen würde.

Mit der Hilfe von Emilia und Tiia kam Aleksi diesem Wunsch gern nach. Frauen hatten seiner Ansicht nach eher ein Gefühl für Inneneinrichtung. Und nach zwei Wochen war alles eingerichtet und er betrat zusammen mit Angi, Dominic und seiner Mutter das neue Zuhause.

Angi war überwältigt: „Es ist einfach unglaublich. Das alles ist unglaublich. Wenn ich träume hoffe ich, dass mich niemand aufweckt."

Aber noch in der folgenden Nacht wurde der Traum für Angi zum Albtraum. Es war mitten in der Nacht als sie unter schrecklichen Schmerzen aufwachte. Sie konnte sich kaum rühren und bekam Angst. Als sie sah, dass Aleksi nicht da war, wurde ihre Angst noch größer. Sie rief nach Pirja.

Diese schlug nur die Hände über dem Kopf zusammen, als sie das Licht anschaltete. Das ganze Bett war voller Blut und Angi kreidebleich.

Sofort rief sie einen Krankenwagen. Danach setzte sie sich zu Angi: „Hab keine Angst. Es wird alles gut." Doch so sicher war sich Pirja da selbst nicht. Aber sie versuchte ihre Anspannung so gut es ging vor Angi zu verbergen.

„Mein Baby… Es ist noch zu früh," Angi wurde immer schwächer.

Pirja streichelte ihr sanft den Kopf: „Es ist stark. Es wird es schon schaffen." Als der Krankenwagen eintraf war Angi bereits bewusstlos.

Pirja rief ihren Sohn an, aber sie erreichte nur die Mailbox. Pirja hatte diese neu modischen Dinge schon oft verflucht. Neben dem Telefon entdeckte sie Tiias Nummer und sie versuchte es bei ihr: „Tiia weißt du wo ich meinen Gott verdammten Sohn finden kann? Er muss sofort ins Krankenhaus. Ich befürchte Angi verliert das Kind."

Szene länger erzählen und dann neue Szene für Tiia und diese auch länger!!!

Tiia schnappte nach Luft: „Ich laufe schnell zum Probenraum. Sicher ist er dort." Aber dort war er nicht. Tiia wusste, dass die Zeit eilte und Angi jetzt nicht allein sein durfte, also machte sie sich auf den Weg ins Krankenhaus. Ihr Herz klopfte ihr bis zum Hals.

Pirja sah auf die Uhr, kurz vor 4 Uhr und immer noch keine Nachricht. Da hörte Pirja wie sich der Schlüssel im Schloss der Haustür drehte. Sofort lief sie in den Flur und tatsächlich war es Aleksi. Pirja schrie ihren Sohn an: „Wo zum Teufel warst du? Deine Frau kämpft um ihr Leben und das eures Babys und du treibst dich herum."

Aleksi machte sich sofort auf den Weg zu Angi. Ihm gingen tausend Gedanken durch den Kopf: Oh Gott, was habe ich nur gemacht, dass du mich immer wieder auf die Probe stellst? Wir hatten uns doch gerade erst versöhnt. Warum bestrafst du sie und nicht mich?

Im Operationssaal kämpfe Angi derweil um ihr Leben und das ihres Kindes. Ihr Körper war schwach, zu viel Blut hatte sie verloren. Aber die Ärzte gaben nicht auf. Sie wollten ihr junges Leben retten. Doch zu erst mussten sie das Baby auf die Welt holen. Große Chancen hatte das kleine Geschöpf nicht, doch wenn sie es nicht taten, würden Mutter und Kind sterben. Es war ein Mädchen. Sofort wurde sie beatmet und Kinderärzte brachten sie in einen

Nebenraum. Nun konnten sich die Ärzte Angi widmen. Es war höchste Zeit. Ihr Körper lag vollkommen leblos auf dem Operationstisch.

„Blutdruckabfall," sagte die Schwester.

Hektisches Treiben. „Kammerflimmern." Aus den zuckenden Linien auf dem Bildschirm wurde eine Gerade.

„Wir müssen reanimieren," gab der Arzt n der Hektik Anweisung. „Weg vom Tisch."

Ein Stromschlag durch fuhr Angis Körper, der dadurch vom Tisch ein Stück in die Höhe zuckte. Weiterhin nur eine gerade Linie.

„Nochmal. Weg vom Tisch." Wieder zuckte der leblose Körper.

Doch diesmal hatten sie Erfolg. Angis Herz begann wieder zu schlagen.

Tiia war auf dem Krankenhausflur eingeschlafen.

Aleksi rüttelte sie sanft wach. „Wie geht es Angi?"

„Sie hat viel Blut verloren. Aber sie hat einen starken Willen. Genau wie eure Tochter," Tiia rieb sich die Augen.

Aleksi sah sie erstaunt an: „Ein Mädchen?"

Tiia lächelte zuversichtlich: „Ein sehr kleines Mädchen, aber mit einem starken Willen. Die Ärzte mussten sie holen, sonst wären beide gestorben."

Aus einem Zimmer kam ein Arzt: „Da sind sie endlich."

Aleksi sah ihn erstaunt an: „Ist sie wach?"

Der Arzt antwortete besorgt: „Wach? Seien Sie lieber froh, dass ihre Frau noch lebt. Allerdings liegt sie im Koma."

In diesem Moment brach für Aleksi eine Welt zusammen: „Kann ich zu ihr?"

„Selbstverständlich, aber zuerst würde ich Ihnen gern Ihre Tochter zeigen. Die nächsten 24 Stunden werden zeigen, ob der kleine Wurm eine Chance hat."

„Darf ich mitkommen?" Tiia sah Aleksi besorgt an.

Aleksi schüttelte mit dem Kopf: „Geh allein hin. Ich will sie nicht sehen."Er wusste nicht, was er für dieses Kind empfinden sollte. Das Kind, das Schuld daran war, dass seine Frau vielleicht nie wieder aufwachen würde. Er wusste, dass seine Gedanken nicht fair waren, aber Gefühle interessieren sich nicht für Fairness.

„Aber sie braucht doch ihren Vater," Tiias Augen füllten sich angesichts dieser Gefühlskälte mit Tränen.

Widerstrebend fügte sich Tiia Aleksis Entscheidung. Dieser kleine Wurm sollte sich nicht allein ins Leben kämpfen müssen.

Sorgenvoll betrachtete Tiia den kleinen Wurm, der im Brutkasten lag. So etwas winziges hatte sie noch nie gesehen. Außer vielleicht bei Tierbabys, aber dies hier war ein kleiner Mensch.

Der Arzt unterbrach ihre Gedanken: „Fassen sie ruhig in den Kasten. Die Kleine braucht jetzt viel Nähe und Liebe."

Vorsichtig steckte Tiia ihre Hand durch das Loch und berührte zart den winzigen Arm.

Auf dem Flur ging Aleksi auf und ab, wie eine hungrige Raubkatze. Er wusste nicht, was er tun sollte. Eine Schwester kam zu ihm: „Soll ich Sie nicht doch zu ihrer Tochter bringen? Ihre Frau wäre sicher nicht glücklich darüber, wie sie sich jetzt verhalten."

Widerwillig ging Aleksi mit.

Stillschweigend stellte er sich neben Tiia, die immer noch vorsichtig die kleinen Händchen berührte.

Aleksi wurde ganz weiß. Sie war wirklich enorm klein. Ob sie überhaupt eine Chance hatte?

Tiia nahm ihre Hand aus dem Brutkasten und nahm sanft Aleksis: „Keine Angst, ich bin für euch da."

Vorsichtig schob Aleksi den Kinderwagen mit Johanna vor sich her, Dominic auf den Rücken geschnallt. Angi lag nun seit sechs, für Aleksi ewig langen, Monaten im Koma und immer noch wusste niemand ob sie wieder aufwachen würde. Mit der Hilfe von seiner Mutter und Tiia schaffte es Aleksi irgendwie Kinder, Karriere und Krankenhaus unter einen Hut zu bekommen. Wann immer es ging saß er an Angis Bett und redete mit ihr. Es waren Gespräche über die alltäglichen Dinge. Er wollte sie nicht mit seiner Trauer belasten. So erzählte er ihr, was Dominic für ein offener und herzlicher kleiner Junge wurde, der die ganze Welt mit seinen noch unverständlich aneinander gereihten Wörtern unterhielt, aber er war ja auch erst zwei, oder er berichtete wie Johanna das erste Mal krabbelte und seine Mutter seitdem im Haus auf Schritt und Tritt verfolgte. Aber er sagte im gleichen Satz, dass sie sich davon sicher bald selbst überzeugen könnte. Er wusste, dass sie stark war, aber die Ungewissheit zehrte an ihm. Ganz in Gedanken versunken hatte er den Probenraum erreicht. Die letzten sechs Monate hatte er zu Hause damit verbracht seine Gefühle in Texte zu bringen und nun war die Zeit gekommen, sie auszuprobieren.

Tiia hatte ihm immer wieder eindringlich gesagt, dass er sich nicht zurückziehen dürfte, denn davon würde Angi auch nicht gesund werden. Im Gegenteil, wenn er jetzt für sie Stärke zeigte, würde sie später stolz auf ihn sein. Aber eine kurze Auszeit hatte ihm doch gut getan. Auch wenn die Rolle als allein erziehender Vater ihm alles abverlangte und er oft am Rande des Wahnsinns war, so schlug er sich tapfer. Und heute stand nun eine Pressekonferenz bevor, da die Öffentlichkeit sich nicht mehr länger ausschließen ließ. Und Aleksi die Nase voll hatte, von immer wieder neuen Gerüchten zu lesen, wenn er die Zeitung aufschlug. Aber vor allem seinen Fans war er eine Erklärung schuldig.

Kimi sah ihn als Erster: „Schön dich zu sehen. Aber wen haben wir denn da? Na kleine Maus, wie geht es uns denn heute so?"

Kimi war, wie auch die anderen in den letzten Monaten oft bei Aleksi gewesen, um ihn nach ihren Möglichkeiten zu unterstützen.

Stolz strich Aleksi seiner Tochter über die Wange: „Ich denke heute geht es ihr sehr gut, nachdem sie es geschafft hat, dass ihr armer Vater nicht eine Stunde am Stück schlafen durfte.." Aleksis anfänglich empfundene Abscheu war tiefer Liebe gewichen. Denn egal, was mit Angi passieren würde, sie hatte ihm zwei wundervolle Kinder geschenkt und die beiden erinnerten ihn immer wieder an das Glück was er hatte.

Kimi schluckte: „Sie ist wirklich zauberhaft. Warte, ich nehme dir den kleinen Fratz da hinten mal ab. Komm zu Onkel Kimi mein kleiner Zwerg." Kimi hatte ein ganz besonderes Verhältnis zu Dominic, um den er sich in den letzten Monaten oft gekümmert hatte.. Und kaum hatten sie den Probenraum betreten, erfüllte Dominic schon den Raum mit seiner Glocken klaren Stimme .

„Ganz der Vater," Paasi schmunzelte, sah dann, dass im Kinderwagen noch ein Wurm lag, „Schön, dass du sie auch mitgebracht hast."

Nun gesellte sich auch Mikko zu ihnen. Das interessierte nun alle.

Dominic gefiel es gar nicht, dass nun die ganze Aufmerksamkeit seiner kleinen Schwester galt. Er schob sich vor den Kinderwagen und zeigte auf sie: „Anna, mein Swester." Auch wenn sie ihm immer die Aufmerksamkeit nahm, liebte Dominic seine Schwester und war immer stolz, wenn er sie jemandem zeigen durfte.

Aleksi strich seinem Sohn durch die schwarzen Haare: „Genau, dass ist deine kleine Schwester Johanna, meine Tochter."

„Also deshalb habt ihr euch damals so plötzlich wieder versöhnt. Und du bist sicher, dass sie dein Kind ist?" Paasi war immer misstrauisch.

Kimi wurde wütend: „Also was denkst du denn? Angi liegt im Koma und du unterstellst ihr so etwas."

Aleksi mischte sich ein: „Reißt euch vor den Kleinen zusammen. Lasst uns lieber die Pressekonferenz geben, anstatt zu streiten."

Die Streithähne nickten.

Dominic hatte ein kleines Minischlagzeug aufgestellt bekommen und bearbeitete es stolz mit zwei Essstäbchen, die zu Sticks umfunktioniert worden waren und Johanna schlief tief und fest.

Es dauerte nicht lange, bis der Reporter den Raum betrat. Aufmerksam musterte er Aleksi, dann die zwei Kinder.

Aleksi bot ihm an Platz zu nehmen. Dieser Aufforderung folgte der Reporter.

Aleksi hatte immer ein Auge auf seine zwei Wunder, wie er sie nannte.

Aleksi kam in seiner Nachricht an die Fans, die in der Zeitung erscheinen sollte, schnell auf den Punkt: Wie ihr sicher schon mitbekommen habt, liegt meine Frau seit sechs Monaten im Koma. Ihr Zustand ist leider unverändert und niemand weiß zum jetzigen Zeitpunkt, ob sie wieder aufwachen wird. Dennoch habe ich mich entschlossen mit der Musik weiter zu machen, denn ich bin mir ganz sicher, dass es in ihrem Sinne gewesen wäre. Sollte sich an ihrem Zustand etwas ändern, werde ich euch umgehend informieren. Für den Moment kann ich euch leider nicht mehr sagen Ich danke euch für eure Geduld und eure Unterstützung und nun werden wir uns wieder an die Arbeit machen.. Ihr wollt doch nicht, dass sich das neue Album und die Tour noch weiter nach hinten verschieben.

Glücklich, wenigstens einen kleinen Einblick in das Privatleben des Finnen bekommen zu haben, zog sich der Pressevertreter zurück.

Nachdem er weg waren zupfte Dominic an Aleksis Hose: „Domi unger un ause gehen."

Aleksi wusste, dass sie noch viel zu tun hatten, da bald schon das neue Album erscheinen sollte und noch so ziemlich nichts fertig war. Aber sein Sohn wollte nun einmal nach Hause. Hin und her gerissen zwischen Karriere und Familie beschloss er Tiia anzurufen: „Kannst du Dominic und Johanna nach Hause bringen? Ich würde ja gern, aber die Zeit ist knapp und du weißt ja, wie wichtig das neue Album ist."

Trotz Tiias Verständnis plagte Aleksi das schlechte Gewissen. Das Gefühl, seine Kinder abzuschieben. Er war dankbar für Tiias Hilfe, denn er wusste, auch wenn seine Mutter sich nie beklagte, für sie allein waren zwei kleine Kinder einfach zu viel. Aber eine Nanny kam für ihn nicht in Frage. Er wollte keine Fremden in seine Familie mit einbeziehen. Würde doch nur Angi endlich aufwachen.

„Tiia tuck mal," stolz präsentierte Dominic wie er sich mit seiner kleinen Gabel ein Stück Fischstäbchen nach dem anderen in den Mund stopfen konnte.

Tiia wusste, dass er viel Lob brauchte: „Ganz toll machst du das, aber vergiss das Kauen nicht, sonst verschluckst du dich." Vorsichtig fütterte Tiia Johanna mit ihrem Möhrenbrei.

Demonstrativ kaute Dominic nun besonders gründlich. Dann sah er Tiia aus seinen aufgeweckten Kinderaugen an: „Wann Mama rück?"

Aleksi hatte ihm gesagt, dass seine Mama eine Reise machen müsste, aber sicher bald wieder kommen würde. Alles andere hätte ein Zweijähriger auch nicht verstanden.

Tiia fiel es immer schwerer Dominic zu antworten: „Bald mein Schatz und dann kannst du ihr auch zeigen, wie schön du schon alleine essen kannst." Tiia sagte immer bald, auch wenn sie selbst nicht wusste, wann bald sein würde.

Auch Dominic wusste nicht, was die Erwachsenen meinten, wenn sie bald sagten, aber er gab sich damit zufrieden: „Wo Papa?"

„Papa muss arbeiten, damit du und Johanna viele schöne Spielsachen haben könnt," diese Frage war nun schon einfacher.

Als Pirja die Küche betrat sprang Dominic von seinem Stühlchen: „Omi da." Pirja nahm den Kleinen an der Hand: „Ich gehe mit ihm noch ein bisschen ins Wohnzimmer." Auch Pirja war erleichtert, dass Tiia ihr mit den Kindern half, denn auch wenn sie noch fit war, so war sie doch nicht mehr die Jüngste.

Von all dem bekam Angi nichts mit. Sie kämpfte mit schrecklichen Träumen aus denen sie einfach nicht erwachen wollte. Ab und zu nahm sie ganz in der Ferne die Stimme ihres Mannes wahr, aber schnell verstummte sie wieder. Sie schrie um Hilfe, aber ihre Stimme wollte nicht. Sie fühlte sich so schrecklich müde, aber sie fühlte, dass sie nicht aufgeben durfte, noch nicht. Was wohl mit ihrem Baby passiert war? Sie hoffte inständig, dass wenigstens das Kind überlebt hatte. Angi wusste nicht, ob sie noch am Leben war oder ob es sich so anfühlte gestorben zu sein. Aber sie spürte, dass noch nicht alles verloren war und dass sie nur hart genug kämpfen musste. Und sie spürte diese tiefe Trauer, nicht zu wissen, wie es ihrer Familie erging.

Plötzlich stand Gabriella vor ihr.

Angi sah sie schockiert an: „Bin ich tot?" Gabriella umarmte ihre Freundin: „Noch nicht, aber du musst härter kämpfen. Deine Familie braucht dich. Deine Zeit ist einfach noch nicht gekommen. Aber hab keine Angst, ich halte dir einen Platz frei. Und jetzt kämpfe und öffne endlich die Augen. Du weißt, dass du es kannst. Fürchte nicht das Leben, es hält noch so viele schöne Dinge für dich bereit."

Angi umklammerte Gabriellas Hand als diese mehr und mehr im Nichts verschwand: „Lass mich nicht schon wieder allein."

„Hab keine Angst, ich werde auf dich warten," dann verschwand sie ganz. Um Angi herum war alles dunkel und sie wünschte sich nichts sehnlicher, als das dieser Albtraum endlich zu Ende war. Sie versuchte erneut die Augen zu öffnen und wie Ella es gesagt hatte, es gelang ihr. Ihr Blick fiel als erstes auf den Mond am dunklen Nachthimmel, der durch das kleine Fenster des Zimmers schien. Sie spürte Leere im Kopf und musste sich erst einmal sammeln und die Gedanken, die auf sie einströmten fassen. Das Zimmer war von schwachem Licht erhellt. Angis Blick streifte die kalten weißen Wände, die Decke, den Tisch neben ihrem Bett mit den Gerätschaften. Dann hörte sie eine Schwester rufen: „Doktor kommen sie schnell, sie ist wach." Sie verstand den ganzen Rummel um sie herum nicht. Für sie war es nur ein einziges Gewirr aus Stimmen. In ihrem Kopf drehte sich alles und sie schloss die Augen wieder.

Doch davon bekam Aleksi nichts mit. So lange es ging hatte er die geplante Tour verschoben, doch nun musste er seinen Vertrag erfüllen. Um seine Mutter nicht mit zwei kleinen Kindern allein zu lassen hatte er schweren Herzens Angis Mutter informiert. Diese war sofort in den nächsten Flieger gestiegen, um bei ihrer Tochter und ihren Enkeln zu sein. Natürlich hatte sie vorher nicht mit Vorwürfen gespart, warum dieser unfähige Mann sie über so viele Monate über den Gesundheitszustand ihrer geliebten Tochter im Unklaren gelassen hatte.

Aleksi war gerade aufgebrochen, als das Telefon klingelte. Es war das Krankenhaus. Schnell informierte Pirja Sonja über den Anruf und diese machte sich auf den Weg in die Klinik.

„Es gibt eine gute und eine schlechte Nachricht," der Arzt sah sie ernst an, „Ihre Tochter ist zwar aus dem Koma erwacht, aber sie leidet an Gedächtnisverlust. Sie weiß weder wer sie ist, noch warum sie hier ist. Also erschrecken sie bitte nicht, wenn sie sie nicht erkennt."

Jede andere Mutter wäre über eine solche Nachricht schockiert gewesen, nicht jedoch Sonja. Für sie war diese Nachricht wie ein Geschenk des Himmels. Nun konnte sie ihre Tochter endlich mit nach Deutschland nehmen und von diesem Mann erlösen. Und all das ohne das Angi auch nur den Hauch einer Ahnung hatte. „Hallo mein Kleines, wie geht es dir?" Sonja setzte sich vorsichtig ans Bett.

Angi sah sie nur mit fragenden Augen an.

Sofort begann Sonja zu erzählen: „Oh entschuldige, du weißt ja nicht wer ich bin. Ich bin deine Mutter."

Angi sah sie immer noch fragend an: „Und was mache ich hier?"

Sonja sprach weiter: „Du hattest einen Schwächeanfall. Aber ich will es dir genau erklären. Wir waren hier im Urlaub, damit du dich von der Trennung von deinem Freund erholen konntest. Deine beiden Kinder sind noch im Hotel. Morgen fliegen wir dann wieder nach Hause zurück."

„Ich habe Kinder?" Angi konnte das alles nicht verstehen.

„Ja zwei ganz bezaubernde Wesen. Dominic ist zwei und Johanna ein halbes Jahr alt. Und du bist eine wundervolle Mutter."

Das musste Angi nun erst einmal verdauen, sie bat ihre Mutter sie allein zu lassen. Sie fühlte sich so leer und allein an diesem, für sie fremden, Ort.

Zurück im Haus informierte Sonja sofort ihren Mann. Dieser war zwar alles andere als begeistert, aber Sonja wickelte ihn um den Finger: „Denk doch an das Wohl deiner Tochter. Was hat dieser Mann ihr alles angetan und nun hat sie die Möglichkeit ganz ohne Ärger wieder von vorn zu beginnen. Willst du ihr diese Chance verbauen?"

Natürlich wollte er das nicht.

Am nächsten Tag nutze Sonja die Chance als Pirja mit Tiia zum Einkaufen war und packte schnell Sachen für Angi und die Kinder. Dann nahm sie die Kinder und rief sich ein Taxi zum Krankenhaus.

Angi war immer noch schwach auf den Beinen, aber sie wollte unbedingt nach Hause. Also dahin, was ihre Mutter ihr als zu Hause genannt hatte. Für sie gab es im Moment kein zu Hause. Aber in einem Punkt hatte die Frau recht, die beiden Kinder waren wirklich niedlich. Aber noch empfand Angi eher Pflichtgefühl als Liebe.

Aufgeregt griff Tiia zum Telefon, während Pirja weinend im Sessel saß. „Aleksi ich wollte dich eigentlich nicht stören, aber Angi ist mit den Kindern und Sonja nach Deutschland geflogen. Sonja hat dir einen Brief hinterlassen," zitternd hielt sie den Brief in der Hand.

„Ließ ihn vor," Aleksis Anspannung war unüberhörbar. Vorsichtig öffnete Tiia den Umschlag und begann:

„Lieber Aleksi,

Ich habe mir meine Entscheidung nicht leicht gemacht, aber wir müssen jetzt beide an das Wohl von Angi und den Kindern denken. Du hast mit deiner Musik mehr als genug zu tun und nicht die Zeit dich um Angi zu kümmern, deshalb nehme ich sie und die Kinder mit. Sobald sie wieder auf den Beinen ist steht es ihr frei, nach Finnland zurück zukehren. Ich möchte dich bitten, keinen Kontakt zu ihr zu suchen. Wir wollen sie doch nicht unnötig unter Druck setzen. Wenn du sie wirklich liebst, dann akzeptierst du das. Sieh es als Geschenk, dass ich dir die Verantwortung für die beiden Kinder abnehme, so dass du deine Karriere vorantreiben kannst.

Sonja"

Aleksi war außer sich vor Wut: „Was bildet sich diese Frau eigentlich ein?"

Tiia konnte es nicht glauben: „Und was willst du machen?

„Erst einmal werde ich Jochen über die Machenschaften seiner Frau informieren und dann sehen wir weiter." Aleksi schnappte sich den Hörer.

Tiia stellte den Lautsprecher an. Tuuut- kein Anschluss unter dieser Nummer- tuut.

Aleksi entgleisten alle Gesichtszüge: „Das glaube ich jetzt nicht, Sie kann das doch nicht alles geplant haben. Das ist doch Entführung."

„Nicht, wenn Angi freiwillig mitgekommen ist. Und danach klingt es in dem Brief."

„Wie auch immer, so leicht lasse ich mir meine Kinder nicht weg nehmen. Was auch immer in Angi gefahren ist. Es sind meine Kinder und basta!"

Tiia informierte per Telefon Mikael. Noch nicht einmal dieser konnte sich Angis Weggang erklären: „Das passt einfach nicht zu ihr." Und so beschloss Aleksi einen Privatdetektiv zu beauftragen.

Gleich am nächsten Tag machte sich dieser auf den Weg nach Deutschland. Im Gepäck hatte er eine Vollmacht von Aleksi um bei den deutschen Behörden Informationen zu erhalten.

Seine Suche begann bei der letzten bekannten Adresse, doch dort waren Sonja und Jochen bereits vor längerer Zeit weggezogen.

Monatelang suchte der Detektiv nach Hinweisen, doch selbst die Medien hatten keine Ahnung über Angis Aufenthaltsort.

Schließlich bekam er durch einen Zufall einen heißen Tipp. Die Familie sollte in Hannover leben. Diesmal machte Aleksi sich selbst auf den Weg.

Die Dame beim Einwohnermeldeamt begrüßte ihn freundlich. Doch ihre Stimmung änderte sich schlagartig, als sie hörte, wer da fragte: „Ein Ehemann, der seine Frau ins Koma prügelt, wird von mir sicherlich keine Auskunft erhalten."

Aleksi fühlte sich wie vor den Kopf gestoßen und verstand nicht. Tausend Fragen gingen ihm in diesem Augenblick durch den Kopf, doch er fand keinen Zusammenhang. Angi war doch nicht verprügelt worden. Schon gar nicht von ihm. Nie hätte er Angi auch nur angerührt. Abgesehen von dieser einen Ohrfeige.

„Tut mir Leid, ich verstehe nicht…", begann er, doch die Dame hinter dem Schalter schnitt ihm das Wort ab. „Aber ich!" Es hatte keinen Sinn. Unverrichteter Dinge machte er sich wieder auf den Rückweg nach Finnland. In ihm regierte das blanke Chaos und er verstand absolut gar nichts mehr. Er wusste nur eins, irgendetwas stimmte nicht. Wut und Verzweiflung wechselten sich gegenseitig ab. Aleksi war wütend auf die Frau im Amt. Wie konnte sie nur so einen Mist behaupten. Andererseits fragte er sich wie sie überhaupt darauf kam. Das machte ihm schwer zu schaffen. Seine Laune war auf dem Nullpunkt angekommen.

Doch der Detektiv sollte seinen Auftrag vollenden.

Und es war ein Schicksalsschlag in Angis neuem Leben, der ihm dabei helfen sollte.

Als Sonja mit ihrer Tochter in Deutschland eintraf wollte Angi nur noch ins Bett. Das kam Sonja ganz gelegen, so hatte sie genug Zeit ihren Mann in ihre Pläne einzuweihen.

Jochen war alles andere als begeistert: „Und wie willst du das machen? Du kannst doch eine erwachsene Frau nicht komplett von der Außenwelt abschotten."

„Angi ist im Moment keine Erwachsene, sie ist auf dem Stand eines Kindes und gezwungen alles zu glauben, was wir ihr erzählen", winkte Sonja ab, „außerdem müssen wir auch nicht die komplette Außenwelt von ihr fernhalten. Hier auf dem Land wird sie nun wirklich keiner erkennen."

„Also wirklich Sonja, ich habe da kein gutes Gefühl bei."

„Was interessiert mich dein Gefühl. Ich habe der Möglichkeit unserer Tochter ein sorgenfreies Leben zu ermöglichen und das werde ich tun."

Am nächsten Tag begleitete Angi Sonja zusammen mit Dominic in den örtlichen Kindergarten. Auch wenn es Sonja nicht gefiel, so hatte ihre Tochter darauf bestanden mitzukommen. Immerhin war der Kleine ihr Sohn und das nun ein wichtiger Tag.

Dominic, der nun nicht auf den Mund gefallen war, fand schnell Anschluss.

„Du kannst aber lustig reden. Ich bin Samy," ein kleiner Blondschopf reichte ihm die Hand.

Dominic lächelte: „Das ist finnisch. Ich bin Nici. Und das ist meine Mama Angi und meine Oma Sonja."

„Maaaaaama," rief Samy einmal quer durch den Raum.

Eine schlanke Frau mit braunen Haaren und einem sympathischen Lächeln näherte sich ihnen: „Was ist denn Samuel? Ach du hast schon einen neuen Freund gefunden?"

Freundlich begrüßte sie Sonja und Angi: „Hallo, Carlotta Sander." Dann betrachtete sie erst Angi und dann Dominic. „Wer hat dir denn diesen Sohn gemacht? So klein und schon solche Augen."

Angi war völlig überrumpelt: „Wir sind getrennt. Aber das ist eine lange Geschichte."

Sonja, der Carlotta ebenfalls sympathisch war, beschloss die beiden jungen Frauen allein zu lassen: „Ihr könnt euch ja noch ein wenig unterhalten. Ich gehe dann schon mal nach Hause. Dein Vater wartet sicher schon, dass ich ihm Johanna abnehme, damit er noch pünktlich im Büro ist."

„Danke Mama", Angi gab ihrer Mutter einen flüchtigen Kuss auf die Wange. Dann wandte sie sich an Carlotta: „Gibt es hier in der Nähe ein Café? Ich denke, hier stören wir nur noch."

„Da könntest du recht haben. Ein paar Straßen weiter ist eins. Wenn du magst, können wir uns da noch ein wenig unterhalten. Es ist schön, in diesem kleinen Ort jemanden in seinem Alter zu finden. Ich vermute zumindest, dass du auch fünfundzwanzig bist."

„Naja fast," Angi schmunzelte, „vierundzwanzig."

Im Café angekommen musste Angi Carlotta erst einmal ihre Geschichte erzählen.

Carlotta war völlig sprachlos: „Und du hast echt alles vergessen?"

„Ja, alles. Aber nun zu dir. Wo ist den Samuels Vater?"

„Ach der... Der weiß nicht einmal dass es Samuel gibt. Und wird es wohl auch nie erfahren. Samuel ist sozusagen eine Jungendsünde. Aber ich bereue nichts und wir kommen sehr gut allein zurecht."

Von nun an trafen sich die beiden täglich und verbrachten die Zeit während die Jungs im Kindergarten waren gemeinsam. Mittlerweile nahm Angi auch Johanna mit. Sie wollte sie nicht ständig bei ihrer Mutter lassen.

Es wurde Frühling. Carlotta wartete wie jeden Tag vor dem Kindergarten auf Angi. Aber sie kam nicht. Carlotta beschloss, zu Angi nach Hause zu fahren. Und tatsächlich öffnete ihr Angi die Tür. Sie war ganz in schwarz gekleidet.

„Angi. Was ist denn passiert? Du siehst ja völlig mitgenommen aus."

Angi bat Carlotta rein zukommen.

Im Wohnzimmer saß Angis Vater zusammen gesunken auf der Couch. Neben ihm eine Frau, die Carlotta noch nicht kannte.

„Wo ist denn deine Mutter?"

„Tot", mehr Worte kamen Angi nicht über die Lippen. Es war alles noch so unvorstellbar. In der Nacht hatte Sonja einen Schlaganfall erlitten und die Ärzte konnten nur noch ihren Tod feststellen.

Doch genau dieser Schicksalsschlag sollte Aleksis Chance sein, endlich seine Familie wieder zu finden.

Der Detektiv hatten seine Bemühungen schon so gut wie eingestellt, als er am Morgen im Hotel in der Tageszeitung auf etwas stieß, dass ihn seinem Ziel ein ganzes Stück näher brachte.

„Viel zu früh musstest du gehen. Tragisch durch das Schicksal von uns getrennt. In Liebe, dein Mann Jochen, sowie deine Tochter Angelique und deine Enkelkinder Dominic und Johanna. Die Beisetzung findet am nächsten Dienstag in der Friedhofskappelle statt.

Sofort rief er Aleksi an. Dieser konnte sein Glück kaum fassen, nicht nur, dass er einen Anhaltspunkt hatte, wo seine Frau sich aufhielt, der alte Drachen war tot. Zu Aleksis Bedauern konnte er nicht selbst nach Deutschland reisen, da er sich auf großer Welttournee befand. Doch er wollte unbedingt eine Telefonnummer. Und er wusste, spätestens im August stand ein Konzert ganz in der Nähe an. Dann wollte er seine Familie wieder mit nach Hause nehmen. Der Detektiv wollte sich um alles kümmern.

Es war ein schöner Sommertag mitten im Juli. Seit Sonjas Tod waren drei Monate vergangen.

Angi hatte immer noch nicht ihr Gedächtnis zurück, aber durch die vielen Erzählungen ihrer Eltern hatte sie wenigstens wieder eine Identität. Sie wusste wieder wer sie war. Zumindest glaubte sie das zu wissen. Ihre Eltern wohnten in einem kleinen Ort im Harz und wenn sie in die Berge blickte überkam sie immer ein Gefühl von Wehmut, dass sie sich nicht erklären konnte genauso wenig wie das Gefühl, dass sie empfand, wenn sie Dominic ansah. Sie spürte, dass irgendetwas in ihrem Leben fehlte. Ohne dass sie sich dessen bewusst war begleitete sie Aleksis Liebe wie ein Schatten. Denn in seinen Gedanken war er immer bei ihr, auch wenn er nicht wusste, wo sie war.

Angi beobachtete wie Dominic im Sandkasten spielte und strich ihrer Tochter durch die roten Haare. Sie war unglaublich stolz auf ihre Babys.

Jochen setzte sich zu seiner Tochter. Es fiel ihm immer schwerer die Geschichte aufrecht zu erhalten, denn ihm war nicht entgangen, wie sehnsüchtig Angis Blick oft abschweifte.

„Sag mal Papa, warum hat mein Freund mich verlassen?" Angi sah ihn abwartend an.

Jochen dachte angestrengt nach, auf solche Fragen hatte seine Frau ihn nicht vorbereitet: „Mach dir darüber nicht so viele Gedanken. Lass die Vergangenheit ruhen. Ihr seid doch glücklich hier, oder?"

Angi nickte: „Vielleicht hast du recht. Sieht Dominic ihm ähnlich? Nach mir kommt er jedenfalls nicht." Jochen nickte nur. Er wusste, dass er Angi nicht mehr lange daran hindern konnte wieder ihr eigenes Leben zu leben und er war sich sicher, dass spätestens dann alles ans Licht kommen würde.

Jochen hätte Angi so gern die Wahrheit gesagt, doch seine Angst, seine Tochter zu verlieren, band ihm die Hände.. Bei all dem Schmerz den er durch den Tod seiner Frau empfand, so war da doch auch Wut.. Oft hatte er unter seiner tyrannischen Frau leiden müssen. Und sie hatte ihn in diese unmögliche Situation gebracht. Aber er hatte sie trotzdem geliebt.

Immer wieder dachte Jochen darüber nach, ob er sie verlieren würde oder einfach nur glücklich machen würde. Diese Gedanken ließen ihn oft Nächte lang keinen Schlaf finden. Immer wieder musste er darauf achten, vor Angi die Post durch zu sehen, ob wieder ein Brief von Aleksi oder jemand anderem aus Finnland dabei war. Er hatte alle Briefe säuberlich gesammelt und sicher verwahrt. Seit Aleksi durch den Detektiv an die Adresse gekommen war traf fast täglich ein Brief ein. Mittlerweile war es eine beachtliche Anzahl. Und jeder Brief machte es ihm schwerer die Lüge auf recht zu erhalten, denn er konnte als Vater nur zu gut verstehen, wie sehr Aleksi unter dem Verlust seiner Familie leiden musste. Umso dankbarer war er ihm, dass Aleksi ihm diese eine Chance gab, anstatt selbst einfach zu kommen. Doch nun ließ er sich nicht länger hinhalten. Aleksis Konzert in Deutschland stand kurz bevor. Da auch Evelyn, die Mutter von Angis bester Freundin Gabriella, die viel zu früh und auf tragische Weise ihr Ende fand und Angis gute Freundin Carlotta, die alles raus gefunden hatte, ihm Druck machten, hatte er die Konzertkarten, die Aleksi ihm geschickt hatte, nicht zerrissen, sondern an Carlotta weiter gegeben. Nun lag es nicht mehr in seiner Hand.

„Papa ist alles in Ordnung? Du vermisst Mama oder?" Angi hatte in den drei Monaten die sie mit ihrer Mutter hatte nie Liebe empfunden, Zuneigung ja, aber nie Liebe.

Jochen zuckte mit den Schultern: „Ich weiß es nicht. Manchmal ja, aber ich habe ja dich und meine zwei wundervollen Enkelkinder. Was kann sich ein Vater mehr wünschen." „Das hast du lieb gesagt. Macht es dir etwas aus, wenn ich nachher Besuch bekomme? Carlotta wollte mit Samuel vorbei kommen," Angi hatte schnell Anschluss gefunden.

„Das ist schon gut. Ich wollte mich mit Evelyn treffen. Du weißt ja, dass ich die Gespräche mit ihr sehr schätze," Ellas Mutter hatte ihm auch bei der Beerdigung geholfen und war seitdem ein wichtiger Bestandteil seines Lebens.

Sie wusste, wie es war einen wichtigen Menschen zu verlieren.

Angi beobachtete ihren Vater immer ganz genau und sie wusste, wie gut ihm diese Treffen taten und das freute sie.

„Du bist ja pünktlich wie immer," Angi strahlte Carlotta an.

Samuel hatte sie keines Blickes gewürdigt und sich gleich zu Dominic in den Sandkasten gestürzt.

Carlotta sah sie entschuldigend an: „Du weißt ja wie Kinder sind. Guck mal was ich hier habe." Sie breitete eine Zeitung zwischen ihnen auf der Decke aus.

Angi las die Überschrift eines Festivals. Sie sah Carlotta an: „Und was ist das?"

„Ach stimmt ja, du kennst so was ja gar nicht mehr. Dein Vater hat mir erzählt, dass das genau deine Musik war bevor du dein Gedächtnis verloren hast und da dachte ich mir, da gehen wir hin," Carlotta zog zwei Tickets aus der Tasche, „die hat dein Vater uns besorgt. Wobei ich mich immer noch frage, wie er an VIP- Karten kommt."

Angi entgleisten alle Gesichtszüge, die Menschen auf der Festivalwerbung machten ihr Angst. Sie konnte sich kaum vorstellen, dass sie einmal eine von ihnen gewesen war, geschweige denn, dass ihr deren Musik gefallen würde. Aber sie tat Carlotta den Gefallen. Zufrieden beobachtete Angi die zwei spielenden Kinder, als Carlotta sie aus ihren Gedanken riss: „Wie geht es dir denn sonst so?"

„Wie es einem so geht, der sich an über zwanzig Jahre nicht erinnern kann. Aber ich kann nicht klagen, wenn nur nicht diese tiefe Sehnsucht wäre, von der ich nicht weiß, woher sie kommt und diese Träume aus denen ich Schweiß gebadet aufwache, mich aber an nichts erinnern kann," Angi warf wieder einen Gedanken verlorenen Blick in Richtung der Berge. Die letzten Monate waren nicht leicht für sie gewesen. Sie hatte alles neu lernen müssen und für sie wild fremden Menschen und deren Erzählungen Glauben schenken müssen. Woher sollte sie wissen, ob alles stimmte, was ihre Mutter und ihr Vater ihr über ihr Leben erzählt hatten. Es gab so viele Ungereimtheiten, die Angi oft keinen Schlaf finden ließen, aber ihr Vater sagte immer nur, er könnte ihr nicht mehr sagen, als ihre Mutter ihr erzählt hatte. Angi konnte ja nicht ahnen, wie schwer es ihm fiel Angi zu belügen.

Carlotta fand für alles eine Erklärung: „Vielleicht kommen in deinen Träumen wieder Erinnerungen hoch, die du lieber verdrängen willst. Hab einfach Geduld und wenn dir alles zu viel wird, hast du ja immer noch mich."

Angi hatte mittlerweile die Hoffnung aufgegeben, dass sie sich jemals an ihre Vergangenheit erinnern würde und sie hatte sich daran gewöhnt. Nur an das Gefühl der Leere in ihr würde sie sich wohl nie gewöhnen. Wenn sie doch nur wüsste, woher es kam.

„Hast du denn mal Kontakt zu deinem Exfreund aufgenommen?" Carlotta forschte nur zu gern in Angis Vergangenheit, solang diese sie ließ.

Angi schüttelte mit dem Kopf: „Sonja meinte, sie hätte keine Adresse und keine Telefonnummer mehr von ihm."

„Jochen, dein Handy", Evelyn stieß ihn sanft an.

Als Jochen sah, wer anrief, begannen seine Hände zu zittern.

Aber Evelyn machte ihm Mut: „Du musst mit ihm sprechen."

Nervös hob Jochen ab: „Hallo Aleksi. Ja, ich habe ihr die Karten zukommen lassen. Mehr kann ich nicht für dich tun. Ich kann mich dem letzten Wunsch meiner Frau nicht widersetzen. Es tut mir Leid. Nein, ich kann dir auch nicht sagen, was mit Angi ist. Ich kann einfach nicht. Ich habe es versprochen. Ich wünsche dir Glück." Jochen legte wieder auf.

„Wieso erzählst du ihm nicht, dass Angi ihr Gedächtnis verloren hat?" Evelyn strich ihm sanft über die Schulter.

Jochen zuckte mit den Schultern: „Ich weiß es nicht. Es ist als würde das Versprechen, dass ich Sonja gegeben habe wie eine schwarze Wolke über mir hängen und mich nicht ruhen lassen. Aber vielleicht bringt eine Begegnung mit Aleksi Angis Gedächtnis zurück. Dann hätte ich mein Wort gehalten."

„Und du meinst, dass Angi dir dein Verhalten verzeihen kann? Sollte man an einem Versprechen festhalten, von dem man von vorn herein weiß, dass es falsch ist?" „Ich kann nur hoffen. Aber die Hauptsache ist, dass Angi endlich wieder glücklich ist."

Carlotta war nun erst richtig neugierig: „Wie war eigentlich dein Verhältnis zu deiner Mutter? Könntest du dir vorstellen, dass sie dich belogen hat?" Angi zuckte wieder mit den Schultern: „Ich weiß es einfach nicht. Aber wieso sollte sie mich belügen?"

„Vielleicht mochte sie deinen Freund nicht und wollte euch so auseinander bringen." Carlotta konnte ja nicht ahnen, wie nah sie der Wahrheit war. „Ach wieso sollte sie das machen. Ich kann mir nicht vorstellen, dass sie eine so kaltherzige Frau war," Angi wusste, dass es ihr nichts brachte darüber nachzudenken. Ihre Mutter war tot und konnte ihr keine Antwort mehr geben.

Nach vier Wochen war es soweit.

Nervös stand Angi vorm Spiegel: „Und du meinst echt, dass ich so unter Leute gehen kann?"

„Das bist du oft, bevor du dein Gedächtnis verloren hast," Jochen legte Johanna in ihr Bettchen, „Und mach dir keine Sorgen, den Kleinen geht es gut."

Angi betrachtete sich weiter skeptisch im Spiegel, als es an der Tür klingelte. Wütend zog Samuel an Carlottas Arm, aber diese ließ nicht locker: „Bevor du zu Dominic gehst, sagst du erst einmal Guten Abend."

Widerwillig gab Samuel schnell Jochen und Angi die Hand und rannte ins Kinderzimmer.

Jochen schmunzelte: „Das sieht nach einem ruhigen Abend aus. Und pünktlich um acht Uhr liegen die beiden im Bett. Und nun macht euch auf den Weg." Er schob Angi zur Tür. Es war ein lauer Augustabend.

Als sie auf dem Gelände ankamen sah Carlotta Angi aufgeregt an: „Und merkst du schon etwas?"

Angi schüttelte den Kopf.

Aber Carlotta gab nicht auf: „Naja vielleicht kommt ja im VIP Bereich etwas und wenn nicht, haben wir wenigstens viele Autogramme."

Gemütlich schlenderten die zwei Freundinnen über das Gelände und Carlotta genoss den Luxus sich überall frei zu bewegen. Aufgeregt zeigte sie immer wieder auf einen vorbei eilenden Musiker und erklärte Angi um wen es sich dabei handelte.

Angi wäre unter dem Schwall von Worten fast wahnsinnig geworden, aber sie wollte ihrer Freundin nicht die Freude verderben.

Plötzlich kam ein Mann in schwarz auf Angi zu gerannt und umarmte sie stürmisch.

Angi stieß ihn unsanft von sich: „Sag mal spinnst du?"

Kimi sah sie verwundert an: „Was hast du denn genommen Angi? Kennst du mich nicht mehr? Das ist ja eine ganz neue Masche. Erst Aleksi Knall auf Fall verlassen und dann hier so' ne Show abziehen?"

Dann sah er Carlotta: „Du hier?" Es war über fünf Jahre her, dass sich die beiden das letzte Mal begegnet waren. Auf einem anderen Festival, dass die Band besucht hatte.

Langsam kamen die Bilder zurück in Kimis Kopf. Er hätte nie erwartet sie noch einmal wieder zu sehen und nun hatte sie Angi bei sich. Kimi versuchte sich wieder auf das Wesentliche zu konzentrieren und das war Angi.

Auch Carlotta hatte Kimi wieder erkannt. Wie konnte man auch einen Mann wie ihn vergessen. Aber in diesem Moment ging es nicht um sie oder Kimi oder die verhängnisvolle Nacht. Carlotta riss sich zusammen und tat als würde sie ihn nicht erkennen: „Kennen wir uns? Ich will mich ja nicht einmischen, aber du scheinst nicht zu wissen, dass Angi ihr Gedächtnis verloren hat."

Kimi sah sie fassungslos an: „Was hat sie? Seit wann?"

Carlotta erzählte das, was Angi ihr erzählt hatte: „Sie war mit ihrer Mutter in Finnland im Urlaub und hatte da einen Unfall. Seitdem weiß sie nichts mehr."

Kimi konnte es nicht glauben: „Diese eiskalte Frau. Angi auch wenn du es mir nicht glauben wirst, aber deine Mutter hat dich belogen. Du hast fast 5 Jahre in Finnland gelebt und warst mit meinem besten Freund verheiratet." „Was wollt ihr nur alle von mir?" diese neue Geschichte brachte Angi total aus dem Gleichgewicht. Mit Tränen in den Augen lief sie davon, genau in die Arme von Aleksi. Erschrocken sah Angi an dem Mann vor ihr hoch: „Entschuldigung." Auch wenn dieser Mann ihr völlig fremd war hatte sie in seiner Gegenwart ein eigenartiges Gefühl.

„Angi? Was…" Aleksi konnte seine Frage nicht mehr beenden, als Kimi ihm ins Wort fiel: „Mach dir keine Hoffnung. Sie hat keine Ahnung wer du bist. Angi hat gut 22 Jahre ihres Lebens vergessen und Sonja hat ihr eine ganz tolle Geschichte erzählt, in der wir keine Rolle gespielt haben."

Aleksis Augen verdunkelten sich, aber jetzt verstand er, warum Angi sich nie bei ihm gemeldet hatte: „Ist das wahr?"

Angi fühlte sich wie ein kleines hilfloses Kind. Sie konnte nur noch nicken. Dann wandte sie sich an Kimi. Ihre Stimme zitterte: „Ist er das?"

Kimi nickte.

Angi wurde ganz schlecht: „Ich weiß gar nicht mehr, wem ich glauben soll."

„Ich weiß, dass dich das sehr verwirren muss," Kimi wollte seinen Arm um ihre Schulter legen, aber sie schob ihn weg.

„Gar nichts wisst ihr. Niemand kann sich vorstellen, wie es ist, aufzuwachen und nicht zu wissen wer man ist, dann zwei Kinder zu sehen und keine Liebe für sie zu empfinden. Nicht einmal für meine Mutter habe ich Liebe empfunden. Wo andere Erinnerungen und damit verbundene Gefühle haben, ist in mir nur Leere. Und dann überrollt ihr mich mit so einer absurden Geschichte," es war das erste Mal, dass Angi deutlich über ihre Gefühle sprach.

Nun war selbst Carlotta sprachlos.

Aleksi fand als erstes seine Stimme wieder: „Auch für mich waren die letzten Monate nicht leicht. Deine Mutter hatte nur einen

Brief hinterlassen und mich gebeten, dich dein Leben leben zu lassen. Von einem Gedächtnisverlust hat sie nichts erwähnt. Vielleicht dachte sie, er wäre nur von kurzer Dauer. Ich habe dich in den letzten Monaten so sehr dafür gehasst, dass du mir meine Kinder genommen hast, aber genauso groß ist meine Liebe zu dir. Ich habe so lange darauf gewartet dich wieder zusehen und zu wissen, ob es dir gut geht. Nun weiß ich es und ich bin bereit wieder aus deinem Leben zu verschwinden. Nur um eins möchte ich dich bitten, ich möchte meine Babys wieder sehen."

Bei diesen Worten die so voller Liebe waren, traten Carlotta Tränen in die Augen: „Angi ich weiß nicht, was du im Moment empfindest, aber sollten diese beiden hier die Wahrheit sagen, hat er ein Recht darauf seine Kinder zu sehen. Danach kannst du immer noch eine Entscheidung treffen, wie es weiter gehen soll."

Angi war völlig durcheinander. Sie hatte das Gefühl, als würde ihr Kopf explodieren: „Macht was ihr wollt." Im nächsten Moment wurde ihr schwarz vor Augen und sie ließ sich ins Gras sinken.

Aleksi wäre gern bei ihr geblieben, aber er musste auf die Bühne. Er war völlig durcheinander. Zum ersten Mal in seinem Leben vergaß er den Text.

Als die beiden weg waren wandte sich Angi verzweifelt an Carlotta: „Was soll ich nur machen? Was, wenn es die Wahrheit ist? Ich kann doch nicht mit einem Mann verheiratet sein, den ich nicht liebe? Das ist doch nicht fair.“

Damit war Carlottas Hoffnung, dass durch diese Begegnung wenigstens ein Teil Erinnerung zurückgekommen wäre wieder zerschlagen. Aber sie wusste, dass sie Angi nun Mut machen musste: „Du musst Geduld mit dir haben. Wenn du ihn einmal geliebt hast, wieso solltest du dich nicht noch einmal verlieben?“ Carlotta wusste nicht wie ihr geschah. Ihre Freundin sollte mit einem Rockstar verheiratet sei und dann auch noch ausgerechnet mit einem dieser Band, „Aber wenn ich ehrlich bin, ich wünsche dir und den Kleinen so sehr, dass er die Wahrheit sagt.“

Angi hatte ihren Vater zu Evelyn geschickt. Sie wollte ihn noch nicht mit der neuen Wahrheit konfrontieren, bis sie sich nicht sicher war, wer Recht hatte. Als Angi die Tür öffnete wich sie gleich einen Schritt zurück. Vier ihr völlig fremde Gestalten betraten die Wohnung. Freundlich gab sie jedem die Hand.

Vorsichtig kam Carlotta mit Samuel und Dominic aus dem Kinderzimmer. Als Dominic Aleksi sah riss er sich los und rannte auf ihn zu.

Aleksi ging in die Knie. Der kleine Junge mit dem schwarzen Schopf sprang ihm in die Arme: „Papa." Dicke Tränen kullerten ihm durchs Gesicht und auch Aleksi hatte Tränen in den Augen.

„Oh mein Gott", dachte Angi, „Er hat die Wahrheit gesagt."

Dominic sah Aleksi mit großen traurigen Augen an: „Oma sagt du hast Nici nicht mehr lieb und jetzt Oma tot. Wo du warst?" Jedes Wort versetze Aleksi einen Stich. Niemand hatte das Recht seinem Sohn solche Lügen zu erzählen.

„Hoffentlich schmort sie in der Hölle wo sie hingehört," murmelte er leise. Dann wandte er sich an seinen Sohn: „Das ist egal. Jetzt bin ich ja hier und ich habe dich sehr lieb. Die Oma hat sich da bestimmt vertan."

Angi fühlte sich in diesem Moment so gefühllos. Sie sah diesen Mann an, der der Vater ihres Sohnes war und so sehr sie sich auch bemühte, sie konnte einfach nirgendwo in ihrem Herzen Gefühle für ihn entdecken. Alles war leer. Aber es bestand kein Zweifel, dieser Mann war Dominics Vater. Die Ähnlichkeit war so groß, dass davor nicht einmal Angi die Augen verschließen konnte.

Dominic fragte weiter: „Du jetzt bleiben bei Mama, Nici und Hanna?" Aleksi nickte: „Ja ich bleibe jetzt bei euch und wir machen erst einmal schön Urlaub, wenn die Mama einverstanden ist."

Erwartungsvoll sah Dominic Angi an: „Und?"

Angi konnte den flehenden Kinderaugen keinen Wunsch abschlagen: „Und wo soll der Urlaub hingehen?"

„Nach Hause. Entschuldige, ich meine natürlich den Ort, der einmal dein zu Hause war. Wenn du Angst hast, können Carlotta und Samuel gern mitkommen. Das Haus ist groß genug."

Angi dachte nach: „Aber ich kann doch meinen Vater nicht allein lassen." „Doch das kannst du," Jochen stand in der noch geöffneten Tür, „Ich verbringe ein Paar Wochen mit Evelyn und ihren Kindern in Spanien."

Angi sah ihren Vater mit leeren Augen an: „Dann wusstest du es also?"

Für Angi brach eine Welt zusammen. Wie konnte man sie nur so hintergehen? Was hatte sich ihre Mutter dabei gedacht? Tränen rannen ihr aus den Augen. Sie wusste überhaupt nicht was sie denken sollte. „Warum nur? Warum?" Das war alles was sie heraus brachte.

Jochen nahm Angi in den Arm: „Deine Mutter wollte es so. Ich hoffe du kannst mir irgendwann einmal verzeihen. Ich hatte es ihr versprochen."

Angi sah ihren Vater an und zum ersten Mal empfand sie etwas. Es war keine Wut, darüber, dass er sie belogen hatte, nein es war Liebe. Sie sah ihn mit Tränen in den Augen an: „Das werde ich. Ich brauche nur Zeit."

Carlotta verabschiedete sich um für sich und ihren Sohn Koffer zu packen. Noch nie war sie in Urlaub gewesen und sie freute sich auf dieses Abenteuer und vielleicht würde Angi in ihrer alten Heimat ihr Gedächtnis zurück bekommen.

Als arbeitslose, allein erziehende Mutter hatte sie außer ihrem Sohn keinerlei Verpflichtungen, die sie an einem Kurzurlaub hindern würden.

Auf der anderen Seite machte sie sich ihre ganz eigenen Gedanken. Nun war sie Kimi wieder begegnet. Und würde ihm wohl die nächste Zeit auch nicht mehr aus dem Weg gehen können.

Noch war sie sich nicht sicher, ob sie ihm offenbaren sollte, dass ihr One-Night-Stand nicht ohne Folgen geblieben war. Sie wollte keine Familie kaputt machen. Aber hatte nicht auch Samuel einen Vater verdient?

Am Flughafen warteten Emilia und Mikael schon ungeduldig auf ihre Ankunft. In der Zeit, die Angi in Deutschland gewesen war, war viel passiert. Auch Kimi hatte mittlerweile für Nachwuchs gesorgt. Kimis Sohn Tuomas war ein Jahr alt und seinem Vater wie aus dem Gesicht geschnitten. Außerdem war Tiia nach Amerika gegangen, um dort weiter zu studieren.

Angi hatte schreckliche Angst aus dem Flieger zu steigen. Alles war ihr so fremd. Aber wenigstens war Carlotta an ihrer Seite.

Dominic und Samuel stapften Hand in Hand aus dem Flugzeug.

Aleksi nahm Angi vorsichtig Johanna ab.

Angi krallte sich so fest an Carlotta, dass diese sanft ihre Hand löste: „Entspann dich doch einfach. Niemand erwartet Unmögliches von dir." „Aber ich habe solche Angst. Plötzlich bin ich verheiratet und in einem fremden Land. Was ist wenn ich mich nicht erinnere?" Angi war ganz weiß im Gesicht. Sie hatte schon Panik genug. Das Blitzlichtgewitter der wartenden Fotografen tat sein Übriges.

Carlotta streichelte ihr aufmunternd den Arm. Aber auch sie zitterte.

Als sie den Flieger verlassen hatten, hatte Kimi schon Mikael und Emilia über Angis Zustand aufgeklärt um ihr unnötige Fragen zu ersparen.

Carlotta betrachtete Emilia aus der Entfernung: Wie hübsch sie war. Der Kinderwagen den Emilia schob, machte Carlottas Problem nicht einfacher. Im Gegenteil.

Doch dann sah Carlotta Mikael. Für diesen einen Moment war alles vergessen. Sie hatte das Gefühl man würde ihr den Boden unter den Füßen wegziehen. Noch nie hatte sie einen so attraktiven Mann gesehen: „Angi, wer auch immer das ist, aber ich hoffe er ist noch Single." Angi lächelte vorsichtig: „Deine Probleme möchte ich haben."

Das glaube ich weniger, dachte Carlotta bei sich.

Kimi unterbrach ihr Gespräch: „Ich verabschiede mich dann erstmal von euch. Ich denke, der Flug war anstrengend genug. Mikael kommt noch mit euch und hilft euch mit dem Gepäck. Bis dann ihr zwei." Er umarmte Angi und gab ihr vorsichtig einen Kuss auf die Wange. Und, nach kurzem Zögern bekam auch Carlotta einen.

Fast hätte sie ihm eine verpasst, aber sie besann sich schnell eines besseren und widmete ihre ganze Aufmerksamkeit dem Blondschopf der ihnen entgegen kam.

„Wenn ich mich vorstellen darf, Mikael," auch Mikael war von der Situation etwas verunsichert. Er hätte Angi lieber zur Begrüßung umarmt, aber das schien ihm fehl am Platz zu sein.

Angi lächelte kurz: „Angi, aber das weißt du sicher. Und das ist Carlotta. Eine gute Freundin aus Deutschland und der kleine Wildfang dahinten ist ihr Sohn Samuel." Bevor Angi noch groß über alles nachdenken konnte gab Aleksi ihr Johanna und nahm sich gemeinsam mit Mikael dem Gepäck an. Während der Autofahrt beobachtete Angi ihre Kinder.

Dominic sah die ganze Zeit bewundernd und glücklich zu seinem Vater und auch Johanna machte einen zufriedenen Eindruck.

„Du Mama, bleiben wir hier?" Dominic sah sie abwartend an.

Angi wusste keine Antwort, aber sie musste etwas sagen: „Wenn es dir und Johanna gefällt bleiben wir hier."

Stolz sah Dominic sie an: „Vielleicht du wieder gesund hier."

„Ja vielleicht."

Vorsichtig stieg Angi aus dem Wagen und betrachtete das, was vor ihr lag. Das war schon kein Haus mehr, eher ein Schloss. Der Weg zur Haustür war mit weißen Steinen gepflastert und auch das Haus strahlte ihr ganz in weiß entgegen. Nur die Fenster hatten schwarze Rahmen und das Dach war mit schwarzen Ziegeln gedeckt.

Pirja stand schon vor dem Haus. Als sie Angi und die Kinder sah stiegen ihr Tränen in die Augen. Sie umarmte Angi herzlich: „Ich dachte schon, ich sehe euch nie wieder."

Angi musterte die alte Dame aufmerksam und ängstlich. Aber ihre Umarmung gab ihr ein Gefühl von Wärme und das erste Mal seit Langem fühlte sie sich geborgen. Dieses Gefühl der Geborgenheit machte ihr wieder Hoffnung. Dann wanderte ihr Blick zu Aleksi, der ihre Tochter auf dem Arm hielt. Angi konnte kaum glauben, dass ihre Tochter diesen Mann anlachte. Wäre sie ein Baby gewesen, hätte sie laut geschrien. Immer wenn sie ihn ansah lief ihr ein eisiger Schauer über den Rücken. Die Tatsache, dass er ihr Ehemann war, konnte in ihren Augen nur ein böser Traum sein. Sie war sich sicher, dass sie ihn nie lieben könnte, solang ihre Erinnerung nicht zurück kam.

Aleksi bemerkte, wie Angi ihn ängstlich musterte. Ihr Blick versetzte ihm einen tiefen Stich in sein Herz. Er konnte ihm nicht länger stand halten: „Ich bringe Johanna und Dominic ins Bett. Es war für beide ein anstrengender Tag."

Dann wandte er sich an Carlotta: „Samuel kann mit in Dominics Zimmer schlafen."

Carlotta, die immer noch nur Augen für Mikael hatte, nickte nur geistesabwesend.

Mikael, der auch nicht abgeneigt war, wandte sich an Aleksi: „Das ist sicher eine gute Idee. Wenn du willst, könnte ich in einem der Gästezimmer schlafen. Dann könnte ich dich die nächsten Tage unterstützen," und leise fügte er hinzu, „Ich glaube, du wirst jede Hilfe brauchen."

Aleksi nickte nur und rief nach Dominic und Samuel. Dann verschwand er mit ihnen ins Haus.

Pirja nahm Angi an die Hand: „Wir sollten jetzt auch mal rein gehen. Sicher bist du müde und von all dem neuen ganz erschlagen." Und damit hatte die alte Dame mitten ins Schwarze getroffen. Im Haus zeigte Pirja Angi erst mal das Schlafzimmer: „Für den Rest haben wir morgen noch genug Zeit. Wenn irgendetwas ist, wir sind für dich da. Aleksi ist überglücklich, dass du wieder da bist. Allein die Tatsache, das es dir gut geht und er dich wieder in seiner Nähe hat, macht ihn zu einem ganz neuen Menschen. Du musst wissen, nachdem du mit den Kindern spurlos verschwunden warst und dann deine Mutter ihm jegliche Kontaktaufnahme in deinem Namen untersagt hatte, ist er sehr verbittert geworden. Er war, als wäre alles Leben aus ihm gegangen."

Angi atmete tief durch: „Ich hoffe, ich kann eure Erwartungen erfüllen. Denn im Moment habe ich das Gefühl, Meilen weit von Aleksi entfernt zu sein."

„Niemand hat Erwartungen an dich mein Kind. Wir wollen nur, dass es dir und den Kindern gut geht. Und nun leg dich hin. Wenn die Sonne auf geht sieht alles schon wieder anders aus," Pirja schloss die Tür hinter sich.

Da stand Angi nun. In einem fremden Land, einem fremden Haus und mit lauter fremden Menschen. Aber neben der Angst, war in ihr auch dieses Gefühl von Geborgenheit, die die alte Dame ausstrahlte. Sie fühlte sich in dieser fremden Welt willkommen und akzeptiert. Angi war ganz in Gedanken versunken als die Tür auf ging. Erschrocken fuhr sie zusammen. Und wieder spürte Aleksi diesen entsetzlichen Schmerz. Die Frau, die er immer noch über alles liebte hatte panische Angst vor ihm. Er wusste nicht wie er damit umgehen sollte.

Aber Pirja hatte ihm gesagt, die Zeit würde die Antwort bringen. Und eins wusste er, seine Mutter war nicht nur wegen ihres Alters eine sehr weise Frau.

Vorsichtig betrat er den Raum: „Ich wollte dich nicht erschrecken. Wenn du etwas brauchst, die Schränke sind noch voll mit deinen Sachen. Ich habe nicht ein Teil weg geworfen." Er wollte schon wieder gehen, als Angi ihn vorsichtig am Arm fest hielt: „Danke." Ihre Stimme war so leise, das man sie kaum hören konnte und ihre Augen zeigten ihre tiefe Trauer und Unsicherheit.

Aleksi sah sie sanft an und verließ den Raum. Er wollte ihr nicht noch mehr Angst machen.

Unsicher öffnete Angi den Schrank. Verwundert betrachtete sie die Sachen darin. Das sollte tatsächlich mal ihr gehört haben? Angi zog eine mit silbernen Ornamenten bestickte Samtcorsage hervor. Sie betrachtete sie gedankenverloren, während sie den weißen Stoff befühlte. So etwas sollte sie getragen haben? Unvorstellbar. Aber nach ausführlichem Suchen fand sie doch noch etwas, das ihr als Nachthemd passend schien. Auch wenn dieses Nachtgewand aus schwarzem Satin überhaupt nicht ihrem Geschmack entsprach

Kaum hatte sie sich umgezogen und hingelegt, fiel sie in einen tiefen, unruhigen Schlaf.

Aleksi saß mit Carlotta im Wohnzimmer und trank einen Espresso, während Mikael gemeinsam mit Pirja die Gästezimmer herrichtete. Carlotta blätterte nebenbei in einer Frauenzeitschrift herum. Sie verstand nichts von dem was dort geschrieben stand, aber sie betrachtete hin und wieder ausführlich die Bilder. Aleksi hatte so viele Fragen. Vor allem in einem Punkt kam er direkt zur Sache: „Ich will nicht lange drum rum reden. Schon beim Konzert habe ich dich wieder erkannt. Natürlich fünf Jahre sind eine lange Zeit, aber manche Gesichter vergisst man nicht, sagte er mit einem seltsamen Gefühl im Magen. Noch dazu, wenn man es im Schlafzimmer eines guten Freundes sieht." Aleksi grinste. Er wusste, dass er sie damit in Verlegenheit brachte, aber das war egal. Carlotta wurde ganz weiß. Damit hatte sie nun wirklich nicht gerechnet.

Aleksi fuhr fort: „Carlotta, wie lange kennst du Angi schon? Wusstest du wer sie ist und wolltest sie nur als Mittel zum Zweck?"

„So ein Quatsch. Nach dieser einen Nacht, über die am besten nie wieder jemand ein Wort verlieren sollte, habe ich den Kontakt zur Szene komplett abgebrochen. Ich wollte gar nicht wissen, was Kimi oder ihr allgemein macht. Ich kenne Angi jetzt knapp ein Jahr. Wir haben uns im Kindergarten getroffen. Sie erzählte, ihr Freund hätte sie verlassen, während eines Urlaubs. Das habe ich ihr geglaubt, bis ich alte Fotos gesehen habe. Jemand, der nicht erkennt, wer Dominics Vater ist muss blind sein. Und deshalb würde ich gern die wahre Geschichte hören," Carlotta sah Aleksi abwartend an.

Aleksi schluckte und atmete tief durch: „Es ist jetzt schon ein Jahr her, dass Johanna geboren wurde. Es war die Hölle. Angi fiel in dieser Nacht ins Koma. Ich habe mich dann mehr oder weniger freiwillig um Johanna und Dominic gekümmert. Dann habe ich Angis Mutter um Hilfe gebeten. Ich war unterwegs, als Angi aufwachte. Als ich wieder kam waren sie und die Kinder weg. Nur ein Brief von Sonja. Aber sie hat nicht erwähnt, dass Angi ihr Gedächtnis verloren hatte. Ich dachte, sie hätte mich verlassen. Ich habe dann einen Detektiv eingeschaltet, aber erst nach Sonjas Tod konnte er in Erfahrung bringen, wo Angi steckt und hat mir sogar die Telefonnummer besorgt."

„Aber warum hast du sie nie angerufen?" Carlotta verstand nicht ganz.

Leise betrat Mikael den Raum und setzte sich zu ihnen.

„Das hat er," Mikael merkte, wie schwer es Aleksi fiel über die letzten Monate zu reden, „Fast täglich am Anfang, dann immer weniger, weil jedes Mal dieselbe Antwort kam. Angi möchte ihn nicht sprechen. Sie wäre besser ohne ihn dran. Bis Jochen dann plötzlich, warum auch immer, sich auf den Deal mit dem Konzert eingelassen hat."

Carlotta schüttelte den Kopf: „Was es alles gibt auf der Welt. Menschen können sehr grausam sein, wenn sie nicht loslassen können. Das warum auch immer, bin wahrscheinlich ich gewesen. Ich habe herausgefunden, wer Dominics Vater sein muss und wollte Angi gegenüber nicht länger schweigen. Aber etwas brennt mir schon die ganze Zeit auf den Nägeln. Was passiert, wenn Angi ihr Gedächtnis nicht zurück bekommt? Und auch keine neuen Gefühle für dich entwickelt? Lässt du sie dann gehen?"

Aleksi war erschlagen, von Carlottas Offenherzigkeit: „Das sollte ich wohl tun. Sie hat mir mit unseren zwei Kindern das Schönste geschenkt, was es auf der Welt gibt. Da bin ich ihr das schuldig."

Mikael gab ihm einen Hieb in die Seite: „Wie kannst du nur so vernünftig sein. Verdammt du liebst diese Frau. Kämpfe um sie!"

„Ich kenne euch zwar beide nicht, aber ich glaube Mikael hat recht. Eure Liebe muss so stark gewesen sein," Carlotta sah ihn aufmunternd an.

Aber Aleksi winkte nur ab: „Ihr habt ja keine Ahnung. Sie hat eine solche Panik vor mir, dass ich mich nicht einmal traue sie anzusehen. Sie zuckt jedes Mal zusammen, wenn sie mich sieht. Das ist nicht die Angi, die ich einmal geliebt habe und vor allem nicht die, die mich einmal geliebt hat. Ich gebe ihr alle Zeit der Welt, aber wenn sie es will, lasse ich sie gehen."

„Das ist ein ziemlich schlagkräftiges Argument. Aber so Furcht einflößend bist du nun auch nicht. Nennen wir es einfach gewöhnungsbedürftig." Carlotta lächelte sanft.

Und Mikael nickte zustimmend: „Sehr diplomatisch ausgedrückt."

In diesem Moment unterbrach Babygeschrei das Gespräch. Sofort sprang Aleksi auf.

Carlotta sah Mikael sanft an und ihre Augen funkelten: „Er scheint wirklich ein guter Vater zu sein. Auch wenn er auf den ersten Blick nicht so aussieht."

Mikael nahm spontan ihre Hand: „Glaub mir, das ist er."

Auch Angi war aufgewacht. Aber als sie den Flur betrat war es bereits still. Vorsichtig betrat sie das Zimmer, wo in großen rosafarbenen Buchstaben Johanna an der Tür stand.

Mit dem Rücken zu ihr stand Aleksi mit Johanna auf dem Arm.

Ein Anblick, der ihr Tränen in die Augen trieb. Sie wollte sich selbst nicht unter Druck setzten. Erst seit kurzem war er in ihrem Leben. Vielleicht bestand Hoffnung, dass sie wieder zueinander finden würden. Die Antwort lang in Gottes Hand. Sie stand noch eine Weile da und beobachtete die beiden, als wolle sie sicher gehen, dass es ihrer Tochter gut geht. Dann ging sie wortlos zurück in ihr Schlafzimmer.

Nachdem Aleksi Johanna wieder in ihr Bettchen gelegt hatte, ging er zurück zu den anderen beiden.

Mittlerweile spürte auch Carlotta den aufregenden Tag in den Knochen: „So Jungs seid mir nicht böse, aber ich würde mich gern hinlegen."

Aleksi sah sie verständnisvoll an: „Die Treppen hoch, dann die zweite Tür rechts. Direkt neben Dominic und Samuel."

„Danke und eine gute Nacht euch beiden," auf leisen Sohlen verließ Carlotta den Raum.

Aleksi sah wie Mikael ihr nach sah: „Du hast schon immer schnell Feuer gefangen mein Lieber. Aber ich glaube, diesmal hat es die Richtige erwischt. Hübsch, bodenständig und vor allem erwachsen."

Mikael fühlte sich sofort ertappt: „Man soll zuschlagen, wenn sich die Gelegenheit bietet."

„Aber nicht zu fest. Immerhin ist sie eine Frau." Aleksi konnte sich ein Lachen nicht verkneifen.

Und auch Mikael musste lachen. Dann wurde er wieder ernst: „Du hast nicht viel Hoffnung wegen Angi, oder?"

„Je weniger Hoffnung man sich macht, umso weniger kann man verletzt werden. Wenn mich die letzten Monate eins gelehrt haben, dann das", wie so oft in den letzten Monaten wirkte Aleksi sehr bitter.

Aufmunternd klopfte Mikael Aleksi auf die Schulter: „Aber die Sache hat auch ein Gutes oder hättest du vorher erwartet, das wir uns so gut verstehen könnten?"

Aleksi nahm dankbar den Strohhalm: „Du bist einfach erwachsen geworden und ich bin wirklich dankbar für deine Hilfe." Dann zogen sich die beiden in die übrigen Gästezimmer auf dem Dachboden zurück. Denn auch für sie war es ein anstrengender Tag und Aleksi wusste, dass die nächsten Tage und vielleicht sogar Wochen ihn viel Kraft kosten würden.

Wie Pirja vorhergesehen hatte fühlte Angi sich nach dem Auf-wachen einfach wunderbar. Es war als hätte sie auf Wolken ge-schlafen. Sie fühlte sich, als hätte jemand eine große Last von ihr genommen. Wie selbstverständlich zog sie sich den Morgenmantel an und ging nach unten in die Küche.

Dort wurde sie von Pirja freudestrahlend begrüßt: „Guten Mor-gen mein Kind. Wie ich sehe hast du gut geschlafen."

„Wie auf Wolken," erwiderte Angi mit einem Lächeln im Ge-sicht, „Ich kann mich zwar an nichts erinnern, aber ich fühle mich sehr wohl."

Da die beiden noch allein waren hatte Angi eine große Bitte an ihre Schwiegermutter: „Bitte Pirja, erzähl mir etwas von Aleksi. Wo ist sein Vater? Hat er Geschwister? Welche Hobbys hat er? Ich weiß so erschreckend wenig über den Mann mit dem ich verheiratet bin."

Pirja nahm sich einen Stuhl und begann zu erzählen. Gebannt lauschte Angi ihren Geschichten.

Aleksi kam in die Küche. Am liebsten hätte er Angi gebeten sich nicht wieder zu erschrecken, um ihn nicht noch mehr zu verletzten, aber er konnte es nicht. Also bereitete er sich innerlich schon darauf vor, ihren Körper zusammen zucken zu sehen. Aber sie tat es nicht. Sie sah ihn nur unsicher an. Aber so sehr sie sich auch bemühte. In ihr tat sich nichts. Sie fühlte ihm gegenüber einfach nichts, Keine Liebe, keine Vertrautheit, einfach gar nichts außer einer leichten Furcht. Wenn er auch jetzt in Jeans und weißem T-Shirt nicht ganz so dämonisch aussah.

„Guten Morgen Aleksi," Angi versuchte zu lächeln, aber es gelang ihr mehr schlecht als recht.

„Guten Morgen," Aleksi versuchte sich nicht anmerken zu lassen, wie sehr ihn ihre Ablehnung verletzte. Immer wieder suchte er während dem Frühstück ihren Blick, aber sie wandte immer die Augen ab, wenn ihre Blicke sich trafen.

Auch Mikael, Carlotta, Dominic und Samuel hatten sich zum Frühstück eingefunden, wobei es den beiden Kleinen sichtlich schwer fiel ruhig zu sitzen.

Carlotta versuchte ihren Sohn zur Ruhe zu bewegen: „Samy was ist denn los? Du scheinst ja am liebsten gleich wieder gehen zu wollen."

Samuel sah seine Mutter mit strahlenden Augen an: „Dominic hat so viele Spielsachen und ich darf alle auch benutzen."

Carlotta lächelte verständnisvoll: „Ich glaube dann hat niemand etwas dagegen, wenn ihr wieder spielen geht. Nicht das ihr etwas verpasst." Natürlich hatte niemand etwas dagegen, wenn die Kinder den Tisch verließen.

Dominic sollte nicht von der bedrückenden Stimmung mitbekommen, die zwischen seinen Eltern herrschte.

Besorgt fiel Angi ein das sie ihre Tochter ganz vergessen hatte: „Oh mein Gott, ich habe Johanna ganz vergessen."

Aber Pirja winkte lächelnd ab: „Der kleine Sonnenschein hat schon gegessen und schläft friedlich im Kinderbettchen. Sie ist wirklich ein Engel. Und wenn sie älter wird hat sie sogar einen Spielgefährten. Tuomas, Kimis Sohn, ist fast so alt wie sie." Es sprudelte einfach so aus ihr heraus. Der Gedanke, das Angi die Familie wieder verlassen könnte kam für sie nicht in Frage. Angi trank Gedanken verloren ihren Tee. Abgesehen von diesem Mann konnte man es hier gut aushalten, dachte sie bei sich.

Bei Pirja s Worten lief Carlotta ein eisiger Schauer über den Rücken. Es machte ihre Last nicht gerade einfacher, dass Kimi noch einen Sohn hatte. Wie lange sollte sie diese Heimlichtuerei noch aufrecht

erhalten können?

Und Aleksi war ihr Gesichtsausdruck nicht verborgen geblieben.

„Ich mache mich dann mal frisch," Angi stand vom Frühstückstisch auf.

Carlotta wollte ihr folgen, aber Aleksi hatte andere Pläne: „Carlotta könntest du mir beim Abräumen helfen? Dann kann meine Mutter sich etwas hinlegen.

Das ungute Gefühl in Carlottas Bauch wurde immer deutlicher. Unsicher nickte sie: „Natürlich gerne."

„Sag mal Carlotta, stört es dich, dass Kimi Vater ist?"

„Nein wieso?"

„Weil du geguckt hast, als wäre jemand gestorben." Dann fiel es Aleksi wie Schuppen von den Augen, „Warte mal, wie alt ist Samuel?"

Carlotta fühlte sich, wie ein Tier das man in die Enge getrieben hatte und so reagierte sie auch: „Was geht dich das an? Kümmer dich lieber um deine eigenen Probleme, die sind groß genug."

„Also doch. Wann willst du es ihm sagen?"

„Nie. Verstehst du? Nie," fauchte Carlotta wütend, „Und du wirst das auch nicht tun. Ich werde hier wegen einer kleinen Unüberlegtheit keine Familie zerstören."

Nun schlug Aleksi wieder sanftere Töne an. Er wusste, dass er Carlotta brauchte, um Angi wieder näher zu kommen und wollte sie nicht noch weiter verärgern: „Es liegt an dir. Von mir wird er nichts erfahren. Aber jedes Kind hat ein Recht auf einen Vater."

Carlotta verließ den Raum. Als ob sie das nicht selbst wüsste.

Sie begab sich für eine erste Lagebesprechung zu Angi um auf andere Gedanken zu kommen. „Und was meinst du?"sie konnte ihre Neugier kaum zurück halten.

Angi zuckte mit den Schultern: „Ich fühle mich wohl. Aber ich erinnere mich an absolut nichts."

„Außer daran, wo dein Morgenmantel hing?" Carlotta lachte.

Erst jetzt wurde Angi bewusst, dass sie ihn ohne zu suchen aus dem Schrank geholt hatte.

„Vielleicht solltest du dich einfach mal betrinken und Aleksi küssen. So eine Art Schocktherapie," Carlotta wollte weiter spinnen, aber Angi unterbrach sie: „Träum weiter. Soviel kann ich gar nicht trinken um diesen Mann zu küssen. Er ist erschreckend."

„Also ich finde ihn eher erschreckend anziehend. Ich glaube er ist ein sehr guter Liebhaber," Carlotta sah Angi zwinkernd an.

Aber die wollte davon nichts hören: „Dann nimm du ihn doch." Carlotta schüttelte schnell den Kopf: „Ich ziehe Mikael vor. Außerdem tust du Aleksi wirklich unrecht. Er ist wirklich ein toller

Mann. Du darfst dich von seinem Äußeren nicht blenden lassen. Und was für dich noch wichtiger sein sollte, er ist ein toller Vater."

Da konnte Angi ihr nicht wieder sprechen. Und wieder sah sie Aleksi vor sich, wie er mit Johanna vorm Kinderbett stand. Dann sagte sie ernst: „Wenn ich nur an die Kinder denken würde, würde ich auf jeden Fall bleiben. Aber was ist mit mir?"

Carlotta zuckte mit den Schultern: „Betrink dich." Carlotta sagte das so trocken, dass beide Frauen herzlich lachen mussten, auch wenn das Thema an sich absolut nicht komisch war.

Nach einer Weile fiel Angi ein, dass sie seit dem Frühstück nichts mehr von ihrem Sohn gesehen hatte: „Wo sind eigentlich die Kleinen?"

„Mach dir keine Sorgen. Wirf einfach einen Blick aus dem Fenster. Du hast hier wirklich im Paradies gelebt meine Liebe," Carlotta zeigte nach draußen. Angi stand auf und folgte ihrem Blick. Wieder stiegen ihr Tränen in die Augen. Direkt neben dem Haus war ein richtiger Kinderspielplatz und sie sah wie Dominic und Samuel unter Mikaels Aufsicht im Sonnenschein herum tollten. Dann wanderte ihr Blick weiter.

Carlotta folgte ihrem Blick: „Er genießt jede Sekunde mit seiner Tochter." Angi konnte ihren Blick nicht abwenden. Auch wenn er ihr Angst machte, war sie gerührt von dem Anblick der sich ihr bot.

Während die beiden Jungs tobten saß Aleksi ganz ruhig auf einer Schaukel mit Johanna im Arm und es sah aus, als würde er mit ihr sprechen.

Angi sah Carlotta entschlossen an: „Egal ob ich hier bleibe oder nicht. Ich kann sie ihm nicht mehr wegnehmen."

„Na höre ich da doch eine Spur von Zuneigung?" Carlotta sah einen Hoffnungsschimmer.

Angi zuckte nur mit den Schultern: „Ich kann es nicht beschreiben. Aber die Zeit wird es zeigen."

„Aber wenn die Zeit etwas zeigen soll darfst du dein Herz nicht verschließen und vor allem dich nicht vor ihm verstecken. Heute Abend passt Pirja auf die Kleinen auf, damit wir mit den Jungs weg gehen können. Und dann hörst du auf dich wie ein ängstliches Mäuschen aufzuführen. Er wird dich schon nicht fressen. Und wenn doch, dann genieße es einfach. Was glaubst du, wie viele Frauen hinter diesem Mann her sind. Und dir will er gehören. Sei doch nicht so starrköpfig," Carlotta duldete in dieser Angelegenheit keine Wiederworte und Angi wusste das.

In einer ruhigen Minute nahm sie Mikael zur Seite. Sie wollte diesen Abend nicht ganz unvorbereitet verbringen: „Sag mal, wie war ich früher?"

Mikael konnte sich ein leichtes Grinsen nicht verkneifen: „Süß, dass du ausgerechnet mich das fragst. Aber es zeigt auch, dass du dich wirklich an nichts erinnern kannst. Aber ich will dich nicht ärgern. Ist eine ziemlich blöde Situation für dich oder?"

Angi nickte ungeduldig und so fuhr Mikael fort: „Also du warst das, was du wohl noch bist. Eine tolle Mutter."

Angi wurde immer ungeduldiger: „Das meinte ich nicht. Wie war ich als Frau?"

Mikael sah nachdenklich in die Wolken. Er wollte Angi mit seiner Antwort nicht noch mehr verunsichern: „Zauberhaft. Stark.

Und du hattest einen Hang zu sehr sonderbaren Männern. Vor allem zu diesem einen. Egal was kam, ihr seit nie von einander los gekommen. Ich kenne keine Beziehung die so viele Höhen und Tiefen überstanden hat, wie die von dir und Aleksi. Aber ich schweife ab, dass hattest du ja nicht gefragt. Also zurück zu dir. Man kann zusammenfassend sagen, dass du hier in Finnland von einem unsicheren Mädchen zu einer unglaublichen Frau geworden bist."

Angi sah ihn fassungslos an. Sie fand sich überhaupt nicht stark und unglaublich schon gar nicht. Aber nun wollte sie mehr erfahren: „Ich weiß, es ist lästig, aber erzähl mir mehr, von diesen Höhen und Tiefen. Bitte. Vielleicht hilft es mir."

„Es ist nicht lästig. Nur ungewohnt, dass du so meine Nähe suchst. Also mal ganz zum Anfang. Wir haben uns an der Uni kennen gelernt. Ich war schrecklich verschossen und hab dich sogar mal geküsst. Daraufhin hat mich dein Hübscher da drüben ganz schön verprügelt. Naja wie auch immer. Dann hattest du einen schweren Unfall und konntest eine Zeit nicht gehen. Ein ziemlicher Tiefpunkt und der Tod deiner besten Freundin machte es noch schlimmer. Du warst total am Boden. Dann kam eure Märchenhochzeit. Und wenn ich sage Märchen, dann meine ich das auch. Und dann wurdest du schwanger. Kurz vor Dominics Geburt habt ihr euch getrennt. Aber ihr konntet nicht voneinander lassen. So ist dann Johanna entstanden. Und dann kam dieses Haus hier und dann auch schon dein Gedächtnisverlust. Du lagst nach Johannas Geburt im Koma und Aleksi hat sich allein mit seiner Mutter und natürlich meiner Hilfe um die Kleinen gekümmert, bis du mit deiner Mutter verschwunden bist. So das war dein Leben seit wir uns kennen in Kurzform. Ziemlich viel auf einmal. Aber wenn's hilft," Mikael sah sie aufmunternd an.

Angi sah gedankenverloren vor sich hin: „Ich muss ihn sehr geliebt haben." Erst jetzt wurde Mikael richtig bewusst, dass Angi keinerlei Gefühle mehr für Aleksi hatte. Eine Tatsache die für ihn unvorstellbar war. Vor ein paar Jahren hätte er sich das gewünscht, aber jetzt würde er alles daran setzen, dass es nicht so war. Er musste sie einander wieder näher bringen: „Am besten du redest mal mit Aleksi. Er beißt nicht und außerdem weiß er am besten, wie du warst."

Angi schüttelte verlegen den Kopf: „Das kann ich einfach nicht."

„Die Angi, die ich kannte, hätte sich nicht so schwer getan," Mikael wollte sie aufstacheln, tat aber das genaue Gegenteil.

Angi stand wütend auf: „Die alte Angi ist tot. Kapiert das alle doch endlich." Sie lief weg und genau Aleksi in die Arme, der sie erstaunt ansah: „Ist alles in Ordnung?"

„Wenn du damit leben kannst, dass deine Frau dich nicht liebt," Angi war immer noch außer sich, obwohl sie selbst nicht genau wusste warum.

Völlig fassungslos ließ Aleksi sie los und sie verschwand im Haus.

Carlotta versuchte die Situation zu retten: „Macht euch keine Sorgen, ich rede noch mal mit ihr. Das wird schon wieder."

Aber Aleksi schüttelte nur mit dem Kopf und ging wieder zu seinen Kindern.

Warum wollen alle, dass ich jemanden liebe, den ich nicht mag? Nur weil es früher so war. Ich kann doch auch nichts dafür, dass ich mich daran nicht erinnern kann. Angi war innerlich völlig zerrissen. So sehr sie sich geborgen fühlte so sehr hasste sie dieses Leben hier schon, obwohl sie erst den zweiten Tag da war. Natürlich ging Angi an diesem Abend nicht mehr aus dem Haus. Sie musste sich schließlich von niemandem Vorschriften machen lassen. Und wenn sie etwas auf keinen Fall wollte, dann mit diesen Leuten weg gehen.

Trotzdem brachte Pirja die Kinder ins Bett. Sie fand, dass Angi dringend Ruhe bräuchte. Mahnend sagte sie zu Aleksi und Mikael: „Macht doch die Kleine nicht jetzt schon kaputt. Sie ist erst zwei Tage hier und schon völlig verzweifelt. Sagt nicht nur ihr gebt ihr Zeit, gebt sie ihr auch! Und jetzt viel Spaß. Dir natürlich auch Carlotta."

Als alle aus dem Haus waren und die Kinder schliefen klopfte Pirja vorsichtig an die Schlafzimmertür: „Ich lasse dich jetzt allein.

Ich nehme das Babyfon mit nach unten. Im Bad wartet eine heiße Badewanne. Erhol dich ein bisschen."

Wenigstens von Pirja fühlte Angi sich verstanden. Sie gab ihr den nötigen Halt, den sie im Moment so dringend brauchte ohne sie dabei zu erdrücken. Langsam ließ Angi sich in die Badewanne sinken. Das warme Wasser duftete herrlich und Angi war überrascht, wie viel Last so ein Bad von ihr nahm. Sie fühlte sich wieder fast so leicht wie am Morgen. Aber sie fühlte sich nicht wohl dabei den Kopf in den Sand zu stecken. Vielleicht hatte Mikael recht und das war keiner ihrer Charakterzüge, sondern nur etwas das ihr eingeredet worden war. Nachdem sie sich angezogen hatte und etwas Make-up aufgelegt hatte ging sie die Treppe runter zu Pirja.

Pirja nahm ihr eine Erklärung ab: „Viel Spaß."

Angi lächelte dankbar. Sie hätte nicht einmal erklären können, warum sie jetzt doch ging.

Als ihr Taxi vor dem Lokal hielt, das Carlotta ihr gesagt hatte, schlug ihr das Herz bis zum Hals. Sie wusste ja nicht was sie erwartete. Sie hielt den Atem an als sie all ihren Mut zusammen nahm und durch die Tür trat. Der Abend war schon fortgeschritten und die anwesenden Gäste hatten schon mehr oder weniger viel getrunken. Dementsprechend gut war die Stimmung. Angi sprach sich selbst Mut zu. Sie musste sich zusammen reißen. Jetzt war nicht der richtige Zeitpunkt für Angst. Aber wie sollte sie Carlotta unter all den vielen Menschen nur finden. Es rechnete niemand mit ihr.

Ein Mann näherte sich Angi. Reflexartig wollte sie ausweichen. Aber sie kannte ihn von irgend woher. Natürlich, er war einer von den Musikern, die mit Aleksi im Flugzeug waren. Zu ihrer Angst mischte sich Freude, jemanden gefunden zu haben, den sie wenigstens ein wenig kannte. Freundlich gab Paasi ihr die Hand: „Nur keine Angst. Hier passiert dir nichts. Mit oder ohne Gedächtnis, du bist immer noch für eine Überraschung gut." Er lächelte sie freundlich an und nahm ihre Hand. Zielsicher zog er sie durch die Menge an einen Tisch in einer Nische. „Schaut mal wen ich gefunden habe," Paasi sah Aleksi aufmunternd an. Das Angi das Haus verlassen hatte war in seinen Augen ein gutes Zeichen. Und dann fuhr er fort: „Und weil ich dich gefunden habe, stelle ich dir auch mal den Haufen hier vor. Also hier neben mir, das ist Emilia, die Frau von Kimi, der direkt neben ihr steht. Dann haben wir da noch Mikko. Den Rest kennst du ja. Ach ja und mich, Paasi." Er gab Angi einen höflichen Handkuss.

Zur Überraschung aller schreckte Angi diesmal nicht zurück. Natürlich blieb ihr die allgemeine Verwunderung nicht verborgen: „Was guckt ihr denn so? Habt ihr einen Geist aus der Vergangenheit gesehen?"

Jeder verstand ihre Anspielung. Aber niemand wusste, wie viel Anstrengung sie diese kurze Veränderung gekostet hatte. Sie hoffte, dass sich niemand ihr noch mal nähern würde. Oder das es genug Alkohol gab und sie es nicht mehr merkte. Es war nicht ihre Welt und sie war sich zu diesem Zeitpunkt sicher, dass es auch nicht mehr ihre Welt werden würde. Aber niemand konnte in die Zukunft sehen, auch sie nicht.

Kimi brach als erster das Schweigen: „Jetzt trinken wir erst mal auf unseren unerwarteten Besuch und machen das, wozu wir hier sind. Feiern und Trinken."

Und letzteres nahm Angi ziemlich deutlich. Sie trank als wollte sie ihren Körper und Geist völlig betäuben.

Irgendwann mischte Aleksi, der sich extra zurück gehalten hatte, doch ein: „Ich denke wirklich du hast genug."

Angi war völlig betrunken: „Genug für was? Genug für dich? Noch lange nicht. Frag nach 5 Wodka noch mal."

„Nein genug für dich. Und zwar schon mehr als dir gut tut. Im Gegensatz zu dir kann ich mich sehr gut erinnern, was dir bekommt und was nicht," Aleksi hatte Mühe seinen Ärger runter zu schlucken. Aber der Alkohol tat sein Übriges.

„Ach und was bekommt mir? Das etwa?" Angi gab Aleksi einen Kuss auf den Mund und wollte ihn richtig küssen.

Aleksi war sofort nüchtern und gab ihr eine schallende Ohrfeige. Mit brennenden Augen sah er sie an: „Tu das nie wieder!"

Alles ging so schnell, dass niemand der Anwesenden sich hätte früher einmischen können.

Nun versuchte Mikael zu retten was noch zu retten war: „Lasst uns zu euch fahren. Ich bin todmüde." Auch wenn Aleksi eine Grenze überschritten hatte, so richtig übel nehmen konnte es ihm, nach allem was er durch gemacht hatte in diesem Moment niemand.

Alle stimmten zu.

Wortlos schwankte Angi von Paasi und Mikko gestützt zum Taxi. Zuhause angekommen schlief Angi so tief, dass Aleksi sie vorsichtig auf den Arm nahm.

Mikael sah ihn besorgt an: „Meinst du, dass ist eine gute Idee? Du musst dich nicht mehr quälen als nötig."

Aber Aleksi nickte nur und trug Angi ins Haus.

Als er sie ins Bett legte wachte sie kurz auf und sah ihm tief in die Augen. Sie war zu betrunken um Angst zu haben, aber Aleksi wich ihrem Blick nicht aus: „Schlaf gut mein Engel. Und am besten vergisst du heute Abend." Er war kaum aus dem Zimmer gegangen, als Angi in tiefen Schlaf fiel.

Angi ärgerte sich am nächsten Morgen noch immer über Aleksis Ohrfeige. Warum nur hatte er ihr eine geklebt? Hatte sie ihn irgendwie verletzt? Schließlich erfuhr sie von Kimi, dass Aleksi gedacht hatte, sie wolle ihn auf den Arm nehmen.

Nach drei Wochen hatte sie sich gut in Finnland eingelebt und konnte sich, obwohl sich ihr Verhältnis zu Aleksi nicht verändert hatte, vorstellen zu bleiben.

Auch Carlotta und Samuel fühlten sich sehr wohl. Fast täglich traf sich Mikael mit ihr, um ihr die Landessprache etwas näher zu bringen. Und anders als bei Angi störte es Mikael nicht, nur der gute Freund zu sein.

Bei Angi und Aleksi sah die Situation nicht ganz so rosig aus. Sie lebten eher nebeneinander als miteinander. Seit Angis Ankunft hatten sie nicht mehr als die üblichen Höflichkeiten ausgetauscht. Obwohl sie in seiner Gegenwart keine Panikattacken mehr bekam, zog sie es doch vor sich nicht in seiner Gegenwart aufzuhalten.

Ein Zustand, der für Aleksi von Tag zu Tag unerträglicher wurde. Er wusste, hätte er seine Kinder nicht gehabt, hätte er diesem Druck nicht so lange standgehalten. Wann immer es ging zog er sich nach Helsinki in den Probenraum zurück oder ging am Hafen spazieren. Sein Gemütszustand schien seine Kreativität ins Unermessliche zu steigern. Fast täglich schrieb er an neuen Songs. Es lenkte ihn ab und half ihm, dass Chaos was in ihm herrschte einigermaßen zu kontrollieren. Er überlegte, was er mit Angi machen sollte. Sollte er sie aufgeben? Sollte er sich etwas neues aufbauen? Das Leben, was er im Moment führte, konnte nicht zum Dauerzustand werden. Irgendwann war auch seine Kraft einmal am Ende.

Als Angi an diesem Tag aufstand war Aleksi mal wieder unterwegs.

Pirja war einkaufen und Dominic besuchte zusammen mit Samuel den Kindergarten in Helsinki. Angi war also mit Johanna allein. Zufrieden stellte sie fest, dass Johanna wie ein Engel schlief. Sie hatte wirklich Glück mit ihrer Tochter. Sie war so ein friedliches Baby. Da es für sie sonst nichts zu tun gab nutze Angi die Zeit um sich ein bisschen in Aleksis Arbeitszimmer um zusehen. Auch ihr war nicht entgangen, wie sehr er unter der Situation litt und nun wollte sie mehr über diesen Mann erfahren. Es musste doch etwas in diesem Haus geben, was ihr ihr Gedächtnis zurück bringen würde. Das war in Angis Augen die einzige Chance die es für sie und Aleksi noch gab. Das Zimmer war voll gestopft mit allen möglichen Dingen. Ehrungen, Geschenke, Bücher, Zeichnungen und viel zerknülltes Papier. Angi wusste nicht, was das alles genau war, denn sie hatte sich noch nicht damit auseinander gesetzt, mit was ihr Mann sein Geld verdiente. Sie wusste eben nur von dem Festival in Deutschland das er Musiker war. Mehr nicht. Das er hier in Finnland ein absoluter Superstar war wusste sie nicht und es hätte auch ihre Einstellung zu ihm sicher nicht beeinflusst. Langsam ließ sie ihren Blick durch das Zimmer gleiten. Dabei fiel ihr Blick auf ein Foto an der Wand. Es war ihr Hochzeitsfoto. Angi hoffte, dass sich beim Anblick des Bildes irgendetwas im ihr regte, aber sie blieb völlig kalt. Wie wenn man irgendein Foto eines Fremden betrachtet. Sie wandte sich dem Schreibtisch zu. Zwischen all dem vielen Papier fand sie einen Umschlag der deutlich die Handschrift ihrer Mutter trug. Angi öffnete den Umschlag. Es war kein Brief mehr darin, nur ein Ring. Angi nahm in heraus. Hier war er also gewesen. Das erklärte wenigstens, wieso sie als angeblich verheiratete Frau keinen Ehering trug. Neugierig steckte sie den Ring an den Finger und tatsächlich passte er wie angegossen. Völlig schockiert zog sie ihn vom Finger und steckte ihn hastig in den Umschlag zurück. Es wäre nicht richtig gewesen ihn zu tragen. Sie hatte ihn nicht verdient. Sie war nicht mehr die Frau, die Aleksi geheiratet hatte. Sie konnte ihn ja nicht einmal lieben. Interessiert sah sie sich weiter um, jedes Blatt wurde gründlich betrachtet. Angi vergaß völlig die Zeit und je mehr sie sah, umso mehr wich ihre Angst einer Art kindlicher Neugier.

Aleksi wusste nichts von alledem als er am Abend nach Hause kam. Er sah schlecht aus. Seine Augen wirkten müde und erschöpft. Er wirkte um Jahre gealtert.

Kurz sah er in der Küche vorbei: „Guten Abend Mum, guten Abend Angi." Dann verschwand er ins Arbeitszimmer.

Pirja sah ihm besorgt nach: „Ich mache mir wirklich Sorgen um ihn. Es muss einfach etwas passieren."

Angi nickte nur. Nachdem Pirja nach unten gegangen war brachte Angi zuerst Johanna und dann Dominic ins Bett.

Freudestrahlend sah ihr Sohn sie an: „Es ist so schön hier und alle sind da. Oma, Papa, Johanna und du. Nur Opa fehlt, aber der kommt sicher bald?"

„Ich weiß mein Kleiner. Bestimmt kommt der Opa uns bald besuchen," Angi gab ihm einen gute Nacht Kuss und schloss die Tür.

Die Tür zu Aleksis Arbeitszimmer stand einen Spalt geöffnet, so dass Angi sehen konnte, dass noch Licht brannte. Angi ging leise zur Tür und sah vorsichtig durch den Spalt. Verstohlen betrachtete sie Aleksi. Wovor hatte sie nur solche Angst? Natürlich er war ungemein männlich und groß und wirkte durch seine Art sich zu kleiden nicht sehr vertrauensvoll. Aber nicht einmal Johanna fürchtete sich, wenn er in ihre Nähe kam, im Gegenteil sie wurde ganz vergnügt. Angi hoffte nur, dass er nicht den Kopf hob und sie sah. Wie sollte sie erklären, dass sie ihn heimlich beobachtete, während sie sonst seine Gegenwart scheute. Aufmerksam musterte sie ihn weiter, seine schwarzen Haare fielen sanft und glänzend auf die breiten Schultern. Ihr fiel auf, dass die oberen zwei Knöpfe seines Hemdes geöffnet waren, sodass sie einen Blick auf seinen Oberkörper werfen konnte. Ohne das Angi es merkte hatte Aleksi sie wieder in seinen Bann gezogen, ganz genau wie bei ihrer ersten Begegnung. Angi konnte ihren Blick nicht mehr abwenden. Sie wollte wieder gehen, aber etwas in ihr, was vorher nicht da war, sträubte sich ganz gewaltig dagegen. So erwischte sie ihre Hand dabei, wie sie an die Tür klopfte.

Aleksi drehte langsam den Kopf zur Seite: „Ja?"

Angi hatte so gehofft er würde sie herein bitten, aber das tat er nicht.

Er sah sie nur regungslos aus müden Augen an.

Also war es wohl an ihr den ersten Schritt zu machen, egal wie groß ihre Angst auch war. Jetzt gab es kein zurück. Sie war eine erwachsene Frau und kein kleines Mädchen mehr. Vorsichtig betrat sie den Raum. Dann nahm sie all ihren Mut zusammen: „Ich hoffe ich störe nicht. Ich konnte nicht schlafen."

Aleksi deutete auf den Stuhl ihm gegenüber: „Du kannst dich gerne setzen."

Zögernd setzte Angi sich. Immer noch spürte sie eine tiefe Abneigung, aber da war auch ein neues Gefühl. Noch ganz schwach aber deutlich genug das sie merkte, wie sie eine Gänsehaut bekam.

Aleksi sah sie abwartend an.

Scheu sah Angi auf den Boden.

Nach einiger Überlegung legte Aleksi vorsichtig eine Hand unter ihr Kinn, so dass sie ihn ansehen musste: „So ist es besser."

Vorsichtig sah Angi ihm in die traurigen Augen. Ihr fiel auf, dass sie ihn seit ihrer Ankunft immer nur aus der Ferne wahrgenommen hatte. Die Schönheit seiner Augen war ihr vollkommen verborgen gewesen. Unbewusst wanderte ihr Blick weiter zu seinen Lippen. Sie waren ungeheuer sinnlich. Angi verdrängte sofort jeden Gedanken aus ihrem Kopf. Es schien ihr nicht sittlich zu sein. Doch dann besann sie sich eines besseren. Immerhin war sie mit diesem Mann verheiratet. Da war es wohl nur normal solche Gedanken zu haben. Und doch war er für sie ein Fremder.

Interessiert beobachtete Aleksi die Veränderung, die in Angis Gesicht vor sich ging. Es war für ihn wie ein kleiner Hoffnungsschimmer, dass sie hier so gemeinsam saßen und sie ihm das erste Mal in die Augen gesehen hatte. „Darf ich?" Vorsichtig nahm er ihre Hand.

Angi nickte und spürte, wie ihr Herz bis zum Hals schlug. Es war ein Cocktail aus so vielen verschiedenen Gefühlen, der sie völlig überforderte. Sie wusste gar nicht mehr, was sie wollte. Als er ihre Hand auf seine Brust legte fuhr es ihr wie ein Blitz durch den ganzen Körper.

Sanft sah er sie an: „Spürst du das? Dieses Herz schlägt seit Jahren nur für dich."

Erleichtert und überrascht sah Angi ihn an. Sie hatte erwartet, er hätte gespürt wie ihr Körper reagiert hatte. Aber das Feuer, das in der Luft lag musste er einfach auch spüren. Sie hatte Angst ihr ganzer Körper würde verbrennen. So etwas hatte sie seit sie sich erinnern konnte noch nie gespürt. Es erschreckte sie, machte sie aber auch neugierig. Es faszinierte sie, dass eine so harmlose Berührung solche Gefühle auslösen konnte.

Aleksi konnte seine Überraschung, dass sie ihre Hand nicht weg zog, nicht verbergen. Er wollte etwas sagen, aber Angi schüttelte den Kopf.

Sie wusste, dass jedes Wort alles verändern konnte.

Die Spannung in ihr wurde fast unerträglich. Ihre Hand begann zu zittern. Die unglaubliche Hitze in ihr wurde immer schlimmer. Angi war von diesem Gefühl völlig überwältigt. Regelrecht gefangen. Sie wusste nicht mehr, was sie machen sollte. Sie schloss einfach nur die Augen und ließ geschehen, was geschehen sollte.

Vorsichtig sog Aleksi die Luft ein. Nein getrunken hatte sie nicht. Er verstand die Welt nicht mehr. Eine tiefe Angst stieg in ihm hoch. Was wenn er etwas falsch machte und diesen Augenblick zerstörte? Völlig verkrampft saß er auf seinem Stuhl. Er löste Angis Hand aus seiner.

Nun lag es an ihr, was passieren würde. Angi hatte ihre Augen immer noch geschlossen. Ohne dass sie sich dessen bewusst war bewegte sich ihre Hand langsam über Aleksis Oberkörper. Sie war wie in einem Rausch. Ein einziges Gefühl bestimmte ihre Handlung. Dann kam auch ihre andere Hand dazu und gemeinsam öffneten sie sein Hemd und ließen es sanft über die Schultern nach unten gleiten. Langsam, fast spielerisch, glitten ihre Hände seinen Brustkorb nach oben, an den Schultern entlang zum Rücken. Seine Haut fühlte sich unglaublich weich an. Angi öffnete die Augen. Als sie aufstand, war Aleksi fest davon überzeugt, sie würde gehen und er verkrampfte sofort wieder. Aber sie blieb. Nun stand sie hinter ihm. Neugierig spielte sie mit ihren Fingern in seinem Haar.

Aleksi kämpfte mit aller Kraft gegen die Gefühle, die in ihm aufstiegen, aber er wusste, wenn sie so weiter machte würde er den Kampf verlieren. Auch wenn das vielleicht die Katastrophe bedeuten würde.

Angi wusste selbst nicht, was sie da tat. „Steh auf," sagte sie im Befehlston, der Aleksi zusammen zucken ließ. Willenlos gehorchte er.

Immer noch beherrschte diese unbändige Hitze ihren Körper. Sie nahm seine Hand und zog ihn mit ins Schlafzimmer. Sie warf ihn aufs Bett und im nächsten Moment waren ihre Lippen überall.

Nun brachen bei Aleksi alle Dämme. Die Vernunft wich seiner großen Begierde. So lange hatte er auf diesen Augenblick gewartet.

Er hätte sie gern gefragt, ob sie ihn liebte, aber das zählte in diesem Moment nicht.

Angi genoss es vom aktiven Part in den Passiven zu wechseln. Sie hatte ihm die Tür geöffnet, nun war er an der Reihe ihr zu zeigen, dass er nicht so Furcht erregend war, wie sie dachte. Langsam ließ sie sich auf den Rücken sinken. Bei jeder seiner Berührungen spürte sie, wie die Erregung in ihr glühte. Seine Küsse brannten auf ihrer Haut und seine Hände ließen ihren ganzen Körper beben. Wie von Geisterhand wanderten ihre Hände zu seiner Hose.

Doch nun besann sich Aleksi. Sanft nahm er ihre Hände weg: „Nicht jetzt Liebes. Es wäre nicht richtig."

Angi war völlig überrascht. Aber sofort überschüttete er ihren Körper wieder mit Küssen und sie fühlte sich, als würde sie schweben.

Es war mitten in der Nacht als Aleksi zurück ins Gästezimmer gehen wollte, aber Angi hielt ihn zurück: „Ich weiß nicht warum, aber ich will nicht, dass du gehst."

„Wenn du willst bleibe ich," Aleksi wusste immer noch nicht, was er von all dem halten sollte. Es schien schon jetzt zu schön um wahr zu sein. Nachdenklich lag er die ganze Nacht wach, während Angi wie selbstverständlich in seinem Arm schlief.

Als Angi am nächsten Morgen aufwachte stand Aleksi am Fenster.

Mit dem Rücken zu ihr fragte er ernst: „Was war das gestern Abend?"

Angi zog sich ihren Morgenmantel über und ging zu ihm. „Ich weiß es nicht. Es ist so passiert. Ich habe so etwas noch nie gespürt," sie war von den Ereignissen noch ganz aufgewühlt.

„Und jetzt?" er sah sie ernst an, „Ist alles wie vorher? Fürchtest du dich noch vor mir?"

„Es ist alles so verwirrend für mich. Das ausgerechnet du so etwas in mir auslöst hätte ich nie für möglich gehalten," sie nahm seine Hand und küsste sie. Dann schmiegte sie sich eng an ihn: „Ich habe zwar vergessen, wie Liebe sich anfühlt, aber das zwi-

schen uns ist etwas Besonderes. Das habe ich heute Nacht gespürt."

Es kam Aleksi vor, als würde ihm jemand einen Strick zuwer-
fen, an dem er sich aus seiner dunklen Schlucht hoch ziehen konnte. Genau in dem Moment als alles verloren schien gab sie ihm wieder Hoffnung. Er wollte sie nicht mehr los lassen: „Ja das ist es." So
sehr wie Aleksi die bevorstehende Tour herbei gesehnt hatte, so
sehr wünschte er sich jetzt sie läge noch in weiter Ferne.

Schon bald war der Tag gekommen, an dem Aleksi für vier Wochen Abschied von seiner Familie nehmen musste. An dem zarten Band was zwischen Angi und ihm in jener Nacht entstanden war hatte sich nichts geändert und es war auch nichts mehr passiert.

Aleksi bestand darauf, dass Angi sich erst klar darüber werden sollte, was sie fühlte und sich nicht von etwas übermannen lassen durfte, was ihr so völlig fremd war.

Angi hatte es sich nicht nehmen lassen Aleksi zusammen mit Johanna und Dominic zum Flughafen zu begleiten.

Sanft küsste er sie zum Abschied auf die Wange und sie flüsterte: „Ich freue mich, wenn du wieder kommst."

Im Flugzeug konnten die anderen ihre Neugier nicht länger zurück halten. Mikko war der erste, der ihr Luft machte: „Hat sie sich wieder erinnert?" Aleksi schüttelte den Kopf: „Davon sind wir Meilen weit entfernt. Aber ein Anfang ist getan."

Kimi drückte sich weniger diplomatisch aus: „Hast du sie flach gelegt und sie so von deinen Qualitäten überzeugt?"

Paasi spitzte eifersüchtig die Ohren und war gespannt, was sein bester Freund nun entgegnete.

„Aber ganz sicher mein Freund. Das ist der Weg, den Frauen ohne Gedächtnis wünschen. Ich glaube wenn Aleksi uns etwas mitteilen möchte, wird er das schon tun. Und jetzt konzentrieren wir uns mal vier Wochen nur auf die Arbeit. Das sind wir dem Publikum schuldig," gekonnt brachte Paasi das Gespräch in eine andere Richtung und Ruhe in die Runde. Wieder einmal war er froh, keine Probleme mit Frauen zu haben. Männer waren deutlich einfacher.

Entspannt lehnte sich Aleksi in seinen Sitz zurück. Es war ein gutes Gefühl, zu wissen, dass sich jemand freute, wenn er zurück war.

Am Flughafen traf Angi auf Emilia. Sie kannte sie noch von ihrem letzten Treffen in der Bar.

„Darf ich dich einladen? Pirja ist zur Kur, Carlotta und Mikael in Deutschland und ohne Aleksi ist das Haus so entsetzlich leer." Angi war nicht gern allein.

Erfreut über die Einladung stimmte Emilia zu: „Das kenne ich. Wenn Kimi weg ist fühle ich mich mit Tuomas auch ziemlich einsam. Er und Johanna sind ja ungefähr gleich alt."

Es waren ganz andere Gespräche, die Angi mit Emilia an diesem und den folgenden Tagen führte. Sofort fühlte sich Angi mit ihr auf einer Wellenlänge und sie tauschten sich über vieles aus. Nicht einmal fragte Emilia Angi, ob sie sich erinnern konnte. Es war einfach nicht von Bedeutung.

Aleksi war schon drei Wochen unterwegs, als Angi mit einem Ring in der Hand zu Emilia ins Wohnzimmer kam. Sie drehte ihn nachdenklich zwischen ihren Fingern: „Meinst du, ich habe das Recht ihn zu tragen? Ich kann ja nicht mal sagen, ob ich Aleksi liebe."

„Setz dich doch nicht so unter Druck. Liebe lässt sich nicht so einfach definieren. Es ist nicht nur ein Gefühl, es sind die vielen kleinen Dinge, die sie ausmachen," Emilia steckte ihr den Ring an den Finger, „Da gehört er hin."

Angi sah sie nachdenklich an: „Er fehlt mir. Ich hätte das die ersten Wochen hier nicht für möglich gehalten. Aber er fehlt mir. Allein das Wissen, dass er im Arbeitszimmer sitzt oder mit den Kindern draußen ist, hat mich die letzten Wochen sehr zufrieden gemacht."

„Siehst du, genau das macht die Liebe aus. Man genießt die Anwesenheit eines Menschen," Emilia sah sehr zufrieden aus. Sie fragte nicht nach Details. Das war nicht ihre Art. Der Ausdruck in Angis Augen wenn sie von Aleksi sprach reichte ihr.

Aber Angi war noch unzufrieden mit sich: „Aber ich muss ihm doch sagen können, dass ich ihn liebe, wenn ich das tun würde oder nicht?"

„Es gibt leider viel zu viele Menschen, die auf Worte zu viel wert legen. Aber wenn es dich beruhigt, Aleksi gehört nicht dazu. Das Strahlen deiner Augen reicht ihm. Vertrau mir," Emilia sah sie aufmunternd an.

Angi nickte. Seit Aleksi weg war kreisten ihre Gedanken nur noch um ihn und sie ertappte sich immer wieder dabei, wie sie eifersüchtig an die vielen Frauen dachte, die er auf seiner Tour traf.

Und ob er sie wohl mit auf sein Hotelzimmer nehmen würde. Verübeln könnte sie es ihm nicht, denn eine weitere Nacht voller Ekstase hatte es nicht mehr gegeben und das bereute Angi jetzt wo er weg war zutiefst. Aber es war nun nicht mehr zu ändern. Emilia hatte eine Idee: „Heute sind sie nur knapp 60 Kilometer entfernt von hier, fahr hin, überrasche ihn. Ich passe dann mal eine Nacht auf eure Kleinen auf. Ein Baby mehr oder weniger schadet schon nicht. Einen Führerschein hast du doch wohl?"

Dankbar umarmte Angi Emilia und machte sich sofort auf den Weg. Es würde nicht mehr lange dauern, bis Aleksi in seinem Hotelzimmer ankäme und dann wollte Angi schon da sein.

Angi hatte sich an der Hotelrezeption als Aleksis Ehefrau ausgewiesen und Einlass in seine Suite bekommen. Gespannt wie er auf ihren Besuch reagieren würde saß sie auf dem Bett. Stunde um Stunde verging, aber er kam nicht. Es war weit nach Mitternacht und Angis Augen wurden schwer. Die Zeiten in denen sie Nächte durchgemacht hatte waren lang vorbei. Warum musste auch alles schief laufen. In Angi stieg, geschürt von der Ungewissheit, der Ge-

danke auf, dass Aleksi sich doch gerade mit einem Groupie ver-
gnügte. Nach und nach wurde dieser Gedanke immer stärker, bis
sie sich in den Schlaf weinte. Sie war kaum eingeschlafen, als ein
stark angetrunkener Aleksi den Raum betrat.

Er staunte nicht schlecht über das was er in seinem Bett vor
fand. Sanft strich er ihr die Tränen aus dem Gesicht: „Mein ver-
rückter kleiner Engel. Ein Teil von dir existiert also immer noch."
Er war hin und her gerissen, ob er sie wecken sollte oder nicht.
Aber die Tatsache, dass sie geweint hatte, bewegte ihn dann doch
dazu, sie zu wecken.

Angi sah ihn aus verschlafenen Augen an: „Ich habe dich vermisst. Aber wenn ich störe, fahre ich sofort wieder." Sie wollte
schon aufstehen und gehen, aber er hielt sie sanft fest.

Vorsichtig näherten sich seine Lippen den ihren. Diesmal war
da nicht dieses Brennen. Seine Küsse fühlten sich diesmal eher an
wie 1000 Schmetterlinge. Sie schloss die Augen und gab sich ihm
völlig hin. Zart wie Seide berührten seine Hände ihren Körper. Sie
hätte sterben können vor Glück. Alle schlechten Gedanken waren

vergessen. Nun gab es nur noch sie und ihn. Ihre Hände fanden einander und schlossen sich fest zusammen. Vorsichtig glitt er mit seinen Lippen über ihre Brust, dann den Hals hinauf um in einem leidenschaftlichen Kuss zu enden.

Angi wusste, dass nun der richtige Zeitpunkt war, um ihm alles zu geben. Sie war bereit sich diesem Menschen ganz zu öffnen. Der ihr so viele Seiten der körperlichen Liebe gezeigt hatte. Nun sollte auch er auf Wolken schweben. Angi war so überzeugt, dass sie jeden seiner Einwände durch einen weiteren Kuss zum Erliegen brachte. Irgendwann hatte sie einen Punkt erreicht, an dem sie spürte, dass es auch für ihn kein Zurück mehr gab und er sich nicht länger zurück halten konnte.

In dieser Nacht hatte nicht nur Angi das Gefühl bis zum Mond zu fliegen. Erschöpft, aber mit einem unglaublichen Glücksgefühl, schlief Aleksi in Angis Armen ein.

Diese Nacht läutete endgültig den Neuanfang der beiden ein. Denn in dieser Nacht hatte ein ganz besonderer Engel über sie gewacht.

Auf einem Stern saß Ella und lächelte: „Viel Glück euch beiden."

Tief in Gedanken schlug Emilia die Zeitung auf. Warum störte sie die Anwesenheit Carlottas so sehr? Und noch mehr die Tatsache, dass ihr Aufenthalt in Finnland nicht nach sechs Wochen beendet war, da Aleksi sie den Behörden als Au Pair Kraft verkauft hatte.

Plötzlich stockte ihr der Atem.

Die Wahrheit über Kimi Kirppu – stand direkt auf der ersten Seite. Was hatte das zu bedeuten? Natürlich, Emilia wusste, was ihr Freund für ein Leben führte und hatte gelernt es zu akzeptieren, Aber warum interessierte sich nun auch die Presse dafür?

Sie blätterte weiter.

Zuerst sah sie sich die Fotos an. Dort war eines von Kimi, eines von Toumas und noch ein anderes Kind. Aber Emilia kannte dieses Kind. Es war Samuel, der Sohn von Carlotta. Emilia begann zu zittern.

Ist diese Ähnlichkeit ein Zufall? Oder sehen wir hier das Ergebnis eines zu ausschweifenden Lebensstils? Wir sind uns sicher, dass Gerücht ist wahr. Dieser Junge ist der zweite Sohn von Kimi

Kirppu. Wie vertrauliche Quellen berichteten, ist der Name des Jungen Samuel und seine Mutter ist eine Deutsche. Was wohl bestätigt, dass nicht nur Poison of Evil Frontmann Aleksi eine Schwäche für deutsche Frauen hat. Nun fragen wir uns, war es nur eine Nacht oder läuft da bereits seit Jahren eine heiße Affäre? Ein Beleg für letzteres ist, dass Dauerfreundin Emilia Kimi bis heute nicht fest an sich binden konnte. Nicht einmal die Geburt ihres gemeinsamen Kindes führte sie vor den Traualtar.

Den Rest ersparte Emilia sich. Der Schmerz saß schon tief genug. Dicke Tränen kullerten über ihre blassen Wangen. Entschlossen stand sie auf und wischte sie mit einer angespannten Handbewegung weg. Nun reichte es endgültig, Sie hatte die Nase voll von diesem Leben. Dieser Mann konnte ja nicht einmal aufpassen, wenn er es mit einem seiner Betthäschen trieb,

Blind vor Tränen packte sie ihre Sachen. Nichts spielte mehr eine Rolle. Sie musste einfach nur weg. Und zwar weit weg. Bevor sie zum Flughafen aufbrach kritzelte sie noch ein paar Zeilen auf einen Schnipsel, den sie von der Zeitung abriss. Es würde das Letz-

te sein, was Kimi von ihr sehen würde, sobald er von Aleksi zurück
kam.

„Nun hast du es endgültig geschafft, mein Leben zu zerstören.
Mich vor aller Welt lächerlich zu machen. Ich habe alles für dich
aufgegeben. Aber nun werde ich neu anfangen. Sieh zu wie du mit
all dem allein klar kommst. Und kümmere dich um deinen Sohn,
wenn er alt genug ist, werde ich kommen und ihn zu mir holen.
Bye."

Zur gleichen Zeit saßen Aleksi und Kimi mit Tuomas und Jo-
hanna im Garten von Aleksis Villa. Dominic und Samuel waren im
Kindergarten, Pirja bei einer Freundin und Angi und Carlotta im
Haus.

Noch ahnte niemand von ihnen, das sich so einiges verändern
würde.

Carlotta stand an der Küchentheke und blätterte in der Zeitung.

Was sie dort lesen musste, ließ es ihr schwarz vor Augen werden. Sie wäre wohl unsanft zu Boden gegangen, wenn Angi nicht genau in diesem Moment in die Küche gekommen werde.

Angi konnte Carlotta gerade noch auffangen und sich langsam mit ihr auf den Boden setzen.

„Was ist denn los?"

„Nichts. Wo ist Aleksi?"

„Mit Kimi im Garten"

„Kimi ist hier?" Wieder wurde Carlotta schwarz vor Augen.

„Jetzt erzähl erstmal was los ist? So kenne ich dich ja gar nicht."

„Ach Angi, du weißt so vieles von mir. Aber ich glaube, das wichtigste habe ich dir verschwiegen. Hier, sieh selbst."

„Ach die Klatschpresse."

„Nein Angi, es ist wahr. Kimi ist Samuels Vater. Dein Mann weiß es. Er hat mich schon bei unserer ersten Begegnung wieder erkannt und konnte eins und eins zusammenzählen."

„Weiß Kimi es?"

„Nein und er sollte es auch nie erfahren. Es war eine einmalige Sache. Was soll ich nur tun? Emilia wird mich dafür hassen."

„Wer wird hier wen hassen?" Kimi, der etwas zu trinken holen wollte, war durch die Verandatür in die Küche gekommen.

Carlotta wollte noch die Zeitung hinter sich verschwinden lassen, doch mit einer raschen Handbewegung hatte Kimi sie in seinem Besitz.

Sein Gesicht färbte sich von rot, zu weiß und wieder zu rot. „Sag das das nicht wahr ist," fauchte er.

Carlotta schwieg.

Kimi legte seine Hände in einem festen Griff um ihre Schultern, dass sich seine Fingernägel schon in ihre Haut bohrten: „Sag es verdammt nochmal"

„Das kann ich nicht. Und wäre es nach mir gegangen, hättest du es nie erfahren."

Es waren nur ca. fünfhundert Meter bis zum Haus von Kimi und Emilia. Doch Kimi sah nur noch die Rücklichter, des abfahrenden Taxis. Er war zu spät gekommen.

Er betrat das Haus. Sein erster Weg führte ihn ins Schlafzimmer. Emilias Schränke waren leer.

Dann ging er in die Küche. Auf dem Tisch lag die Zeitung. An einer Ecke fehlte ein Stück. Kimi sah sich um und entdeckte den Schnipsel auf dem Boden unter dem Küchentisch. Er las Emilias Nachricht.

Ungläubig starrte er vor sich hin. Nein, dass konnte einfach nicht wahr sein. Er hätte ihr doch alles erklären können. Er hatte doch selbst von all dem nichts gewusst.

„Jetzt nur nicht emotional werden," sagte er immer wieder zu sich selbst, während das Geschirr scheppernd zerbrach.

Wie konnte sie ihm das nur antun? Wie konnte sie nach so vielen Jahren einfach alles aufgeben? Nur wegen dieser Schmiererei.

Es konnte einfach nicht die Wahrheit sein. Er hätte doch die Ähnlichkeit gesehen, wenn es eine gäbe, oder etwa nicht?

Kimi holte sich eine Flasche Schnaps aus dem Schrank. Auf ein Glas verzichtete er. Es gab ohnehin keines mehr, was noch an einem Stück vorhanden war.

So saß er da. Mitten in den Scherben, starrte auf die Bilder in der Zeitung und betrank sich.

Aleksi, der immer noch mit Tuomas und Johanna im Garten saß, wunderte sich langsam, wo Kimi blieb. Es war schon eine Weile her, dass er in die Küche gegangen war, um etwas zu trinken zu holen.

Er packte sich die beiden Dreijährigen und ging ins Haus. In der Küche war niemand. Aleksis Blick fiel auf die Zeitung auf dem Küchentisch. Nun wusste er, warum sein Freund nicht mehr nach draußen gekommen war. Aus dem Wohnzimmer hörte er jemanden weinen.

„Hanna, geh mit Tuomas in dein Zimmer und spielt dort ein wenig," Aleksi sah seine Tochter mit sanften Augen an.

Das kleine Mädchen nickte brav und die beiden gingen ins Kinderzimmer.

Als Aleksi das Wohnzimmer betrat sah er Carlotta, die völlig in sich zusammen gesunken weinend auf der Couch saß. Angi kniete vor ihr und redete beruhigend auf sie ein.

„Aber woher kommen ihre Informationen?" Carlotta verstand die Welt nicht mehr.

Angi streichelte sanft die Hand ihrer Freundin: „Das kann ich dir auch nicht sagen. Aber Aleksi hat sicher nichts gesagt. Er hätte nie etwas getan, was einem seiner Freunde schaden könnte.

„So ist es," Aleksis tiefe Stimme erfüllte den Raum, „Wo ist Kimi?"

Angi deutete ihrem Mann, sich zu setzen: „Er ist zu Emilia. Sicher haben die beiden nun Einiges zu klären."

„Wenn sie noch etwas zu klären haben. Angi, Kimi ist nicht der Unschuldsengel, für den er sich immer ausgibt. Carlotta war nicht die Einzige, mit der er Emilia betrogen hat. Er konnte einfach seine Finger nicht von anderen Frauen lassen," Aleksi setzte sich.

„Und Emilia hat das einfach so hingenommen?" Angi empfand in diesem Augenblick tiefes Mitleid für die Freundin.

Aleksi räusperte sich kurz: „Sie hat ihn geliebt. Sie hätte alles für ihn getan. Aber ich befürchte, irgendwann wird sie aufgeben."

Emilia verschwand im Nirgendwo. Sie wollte nicht, dass Kimi sie fand. Sie wollte einfach nur noch weg und vor allem Abstand gewinnen. Sie hatte Kontakt zu ihrer Tante in Stockholm aufgenommen und war nun auf dem Weg nach Schweden in ein neues Leben. Vielleicht würde sie eines Tages anders damit umgehen und die Sache leicht nehmen können. Doch jetzt brauchte sie Ruhe. Sie ertrug den Gedanken, die Nähe von Kimi oder seinen Freunden zu spüren momentan überhaupt nicht. In der Ferne wollte sie die Kraft sammeln, die sie brauchte, um ein neues Leben anzufangen.

Carlotta führte Kimis Haushalt mit einer Ruhe, die Angi immer wieder bewunderte. Immerhin sprach Kimi kaum ein Wort mit ihr und wenn doch, dann hatte er nur Beschimpfungen für sie übrig. Und trotzdem stand sie ihm zur Seite, kümmerte sich um Tuomas und sorgte dafür, dass es beiden an nichts fehlte. Kimi hatte geduldet, dass sie mit Samuel bei ihm eingezogen war. Es hatte wenig Sinn gemacht, dass die beiden weiterhin bei Angi und Aleksi wohnten.

Carlottas Tagesablauf hatte zum ersten Mal in ihrem Leben eine feste Struktur und bei all dem Ärger, war es genau das, was sie die Demütigungen verkraften ließ. Morgens brachte sie Tuomas in den Kindergarten, gemeinsam mit Angi und Johanna, dann fuhren die beiden Frauen Dominic und Samuel in die Vorschule. Und während die Männer in Aleksis heimischem Probenraum an neuen Songs arbeiteten, saßen Angi und Carlotta bei einer Tasse Kaffee gemütlich zusammen, bevor sie sich verabschiedeten, um den jeweiligen Haushalt zu machen. Carlotta genoss die, anderen Hausfrauen so verhassten Tätigkeiten, wie bügeln, Staub wischen und einfach dafür zu Sorgen, dass alles ordentlich war. Mittags fuhr sie dann wieder gemeinsam mit Angi die Kinder abholen und man aß gemeinsam in der Villa zu Mittag.

An diesem Abend kam Kimi völlig betrunken nach Hause. Die Band hatte die neuen Songs fertig fürs Studio und hatte dies gebührend gefeiert.

Carlotta saß mit angewinkelten Beinen auf dem Sofa und las, bei einem Glas Wein, in einem Buch. Da sie vorher ein ausgiebiges Bad genommen hatte, trug sie nur einen Bademantel. Es interessierte sowieso niemanden, was sie trug. Sie war sich sicher, selbst, wenn sie völlig nackt wäre, würde Kimi sie weiterhin abgrundtief hassen. Und das war auch gut so. Sie war seinen Reizen schon einmal erlegen und nun, wo sie täglich in seiner Nähe war, war ihr wieder bewusst geworden, wie sehr er ihr gefiel. Sie nahm noch einen großen Schluck Wein. Wieso musste sie sich auch immer die falschen Männer aussuchen und dann nicht einmal daraus lernen?

„Du bist noch wach?" Kimi torkelte zur Tür hinein und blieb an dem Rahmen gelehnt stehen.

Carlotta sah von ihrem Buch auf: „Ich konnte nicht schlafen."
Sie betrachtete ihn aus den Augenwinkeln. Er war so unglaublich
anziehend, in seiner Jeans und dem geöffneten weißen Hemd.

Kimi kam näher: „Wir müssen reden. Über das alles hier." Seine
Hände zeichneten in einer ausladenden Geste einen großen Kreis
in die Luft.

„Ist irgend etwas nicht in Ordnung? Ich kümmere mich doch
um alles und Tuomas geht es gut."

Er nahm sie an den Schultern und zog sie von der Couch hoch:
„Du kümmerst dich um alles? Das ist ja wohl das Mindeste. Ohne
dich Schlampe hätte ich diesen ganzen Ärger ja auch nie gehabt."

„Lass mich los. Du bist ja völlig betrunken," Carlotta wand ihr
Gesicht ab, da sie den widerlichen Gestank nach Alkohol und noch
weniger diese plötzliche Nähe ertragen konnte.

Kimis Finger bohrten sich tiefer in ihre Haut: „Ich soll dich loslassen? Ich zeige dir gleich was ich soll, du Miststück."

„Du willst mich schlagen? Na los, dann tue es doch. Aber gib mir nicht die Schuld an deinen Problemen. Ich habe mein Kind allein erzogen, jahrelang," Carlotta sah ihn jetzt mit festem Blick an.

Kimi hielt ihrem Blick stand: „Ach verschwinde einfach."

„Dann lass mich los." Das tat er.

„Los, verschwinde." Als Carlotta sich von ihm abwandte und das Zimmer verlassen wollte, packte er mit einer schnellen Bewegung ihren Arm und hielt sie wieder fest.

Es lag eine ungeheure Spannung in der Luft.

Einem Impuls folgend zog Kimi sie plötzlich an sich und küsste sie.

Carlotta versuchte sich zu befreien und schob ihn weg: „Was soll das? Was willst du von mir?" Carlotta wusste nicht, wie sie sich verhalten sollte.

„Ich will das du verschwindest," er zog sie wieder an sich und begann erneut sie leidenschaftlich zu küssen.

Carlotta machte sich endlich los: „Du solltest besser damit aufhören."

„Verzeih mir," wieder näherten sich seine Lippen den ihren. Er wusste selbst nicht, was er da tat. War er der Alkohol oder einfach nur eine neu entdeckte Leidenschaft? Sein ganzer Körper bebte. Er wollte diese Frau.

Und diesmal schob Carlotta ihn nicht mehr weg. Ihr Widerstand war gebrochen. Sie hatte sich in den letzten Wochen so sehr nach ihm gesehnt. Es war naiv gewesen zu glauben, sie könnte diesem Mann widerstehen. Sie hatte es ja schon damals nicht gekonnt.

Hungrig nach Liebe begannen Kimis Küsse immer fordernder zu werden und schnell fand sich Carlotta im Schlafzimmer wieder. Es war wie damals. Er war betrunken und sie das willige Opfer. Viel zu sehr genoss sie seine Berührungen, die Zärtlichkeiten mit denen er sie überschüttete. Oh wie gierig er nach ihrem Körper war.

Carlotta konnte noch immer nicht schlafen, als Kimi neben ihr schon längst eingeschlafen war. Sie lauschte seinem gleichmäßigen Atem. In ihr herrschte das blanke Chaos. Sie fühlte sich gut, unglaublich gut sogar. Und glücklich. Sie hatten sich in den vergangenen Stunden immer wieder geliebt und jetzt schwebte sie auf Wolke sieben und die Aufregung ließ sie nicht zur Ruhe kommen. Niemals zuvor hatte ein Mann sie so sehr begehrt, so berührt wie Kimi. Nun wusste sie was sie die ganze Zeit vermisst hatte. In seinen Armen brannte sie lichterloh, war Wachs in seinen Händen. Es war ihr egal, ob aus ihnen ein Paar wurde, wichtig war allein dieser Moment und das was sie hier und jetzt fühlten und erlebten. Carlotta wusste, dass Kimi sie unter seinem harten Kern mehr brauchte als sie ihn- und das liebte sie. Sie wollte gebraucht werden.

Erschrocken bemerkte Carlotta am nächsten Morgen, dass sie das alles nicht nur geträumt hatte, denn sie lag tatsächlich in Kimis Bett.

Scham erfüllt zog sie die Decke höher und warf einen schnellen Blick auf die Gestalt neben sich. Erschrocken stellte sie fest, dass er schon wach war und sie musterte. Wie sollte sie sich jetzt verhalten? Wie würde er reagieren? Sie ließ ein heiseres schüchternes „Hallo" hören und wartete auf seine Reaktion. Für den Bruchteil einer Sekunde hatte sie Angst, er würde sie davon jagen, da er keine Regung zeigte. Doch dann war sie unendlich erleichtert, als er sie an sich zog und mit einem leidenschaftlichen Kuss begrüßte. „Also ich weiß ja nicht, wie es um Dich steht, aber ich würde die Ereignisse der letzten Nacht gerne wieder holen!" „Jetzt gleich?", flüsterte Carlotta und lächelte glücklich. „Nein, sofort", antwortete Kimi vollkommen nüchtern mit einem frechen Grinsen.

An einem herrlichen Herbsttag saßen Aleksi und Mikael gemeinsam auf der Veranda.

Aleksi hatte Mikael das letzte, noch freie Grundstück auf dem von der Band gekauften Areal für einen Spottpreis überlassen, da er wusste, wie wichtig es für Angi war, ihn in ihrer Nähe zu haben. Und mit viel Eigenleistung hatte Mikael dort ein schmuckes kleines Häuschen für sich gebaut.

Mikael betrachtete Aleksi amüsiert, wie er so da saß und erzählte. Es war eine sehr komische Kombination. Der Mann in der schwarzen Lederhose und dem schwarzen Hemd und dazu seine Rede über Kinder. Für einen Außenstehenden oder jemanden, der nur den Künstler kannte, wäre es unvorstellbar gewesen, dass dieser Mann wirklich Kinder hatte und diese sogar erziehen konnte.

Aber Mikael wusste, dass Aleksi auf diesem Gebiet wirklich kompetent war: „Ist denn eure Familienplanung nun abgeschlossen?" Mikael lächelte viel sagend.

Aleksi nickte: „ Im Moment schon. Für Angi zumindest denke ich."

„Sei dir da mal nicht so sicher mein Lieber. Angi ist ziemlich häufig im Badezimmer."

Aleksi winkte ab: „Nur eine Magenverstimmung, nichts weiter. Das wäre wohl auch im Moment der falsche Zeitpunkt. Immerhin sind wir immer noch dabei uns wieder komplett anzunähern. Da haben wir so schon noch ein Stück Arbeit vor uns."

„Also willst du keine weiteren Kinder?" Mikael wusste mehr als Aleksi auch nur ahnte, da Angi sich ihm anvertraut hatte.

„Aber natürlich wäre jedes Baby hier willkommen. Aber eben nicht ausgerechnet jetzt," Mikaels Andeutungen machten Aleksi unsicher.

Und Mikael wurde deutlicher: „Das kann man sich manchmal nicht aussuchen."

Am Abend wandte er sich dann doch an Angi. Seine Zweifel ließen ihn einfach nicht mehr los. Ernst sah er sie an: „Gibt es etwas, dass du mir sagen willst?"

„Wieso?" sie sah ihn fragend an.

Aleksi machte keine weiteren Umschweife: „Möchtest du irgendwann noch ein Kind? Von mir meine ich."

Angi lachte leise: „Von wem denn sonst? Mir fehlen zwar immer noch so viele Jahre, aber wenn ich eins weiß, dann dass du der beste Vater bist, den eine Frau sich für ihre Kinder wünschen kann und auch der beste Ehemann."

„Ich liebe dich Angi."

Angi nickte nur stumm. Immer noch kamen ihr diese Worte nicht über die Lippen.

Aber Aleksi wusste, dass sie es tat. Sie zeigte es ihm jeden Tag. Aleksi drehte sich um und schlief ein.

Angi hätte sich am liebsten geohrfeigt. Sie hatte so lange auf den passenden Moment gewartet und nun hatte sie ihn nicht genutzt. Bald würde er es sowieso merken, dessen war sie sich bewusst. Sie hoffte nur, dass dieses Mal alles gut werden würde. Die Geschichten, die sie über ihre Vergangenheit gehört hatte, machten ihr große Angst vor dem, was die Zukunft bringen würde. Aber zu ändern war es jetzt sowieso nicht mehr. Angi beschloss, am nächsten

Morgen noch einmal mit Aleksi zu sprechen. Doch dazu kam es nicht, denn als Angi auf wachte war Aleksi schon im Tonstudio.

Die Aufnahmen zum neuen Album der Band nahmen Aleksi so sehr in Beschlag, dass er Angi kaum sah. Wenn er Abends nach Hause kam schlief sie meist schon und wenn er morgens ging war sie noch nicht wach. So verstrichen die Wochen ohne das Angi mit ihm reden konnte. Zwischen Tür und Angel wollte sie es ihm auch nicht sagen, denn ihre Mitteilung würde erneut ihr ganzes Leben auf den Kopf stellen. Aber sie konnte es nicht länger hinaus zögern, es war schon fast zu offensichtlich.

Angi war an diesem Tag für einen Arzttermin in Helsinki und nutzte die Gelegenheit, um einfach mal im Studio vorbei zu sehen. Vielleicht hätte Aleksi kurz Zeit für sie.

Als Angi am Studio ankam, war ihr Gesicht noch immer ganz weiß. Die Nachricht, die der Arzt für sie hatte, hatte ihr den Boden unter den Füßen weg gezogen. Nun musste Aleksi es noch dringender erfahren.

Zu Angis Leidwesen war im Studio viel zu tun und Aleksi hatte keine Zeit. Angi wollte gerade gehen, als sie mit einem Assistenten zusammen stieß. Dabei fiel ihr ein kleines Blatt Papier aus der Tasche.

Dem Produzenten direkt vor die Füße.

Bevor Angi reagieren konnte, hatte dieser es schon aufgehoben.

Er drückte den Pausenknopf und schaltete sein Mikrofon ein: „Meinen Glückwunsch Aleksi." Dann hielt er den Zettel an die Scheibe.

Aleksi kam näher heran. Der Anblick verschlug ihm die Sprache. Alle seine Befürchtungen hatten sich bestätigt. Eine panische Angst ergriff ihn. Er hatte Angi nun schon so oft fast verloren. Wollte er das Schicksal nun gleich doppelt heraus fordern? Er betrachtete das Bild genauer und ihm wurde schlagartig klar, dass er wohl keine andere Wahl haben würde. Er öffnete die Tür zum Vorraum.

Angi sah erschrocken seinen Gesichtsausdruck: „Du freust dich nicht. Habe ich recht?"

Er schüttelte den Kopf und schloss fest seine Arme um sie, dann flüsterte er ihr ins Ohr: „Ich will dich nicht noch einmal verlieren."

„Ich habe auch Angst, aber es wird schon alles gut. Das wurde es doch immer," Angi versuchte auch sich selbst Mut zuzusprechen.

Aleksi ließ sie los: „Dann packen wir es mal an. Diesmal war es wohl ein Volltreffer." Mit einem Lächeln auf den Lippen wandte er sich an die anderen: „Alle guten Dinge sind wohl drei. Euer euch treu ergebener Sänger wird Vater von Zwillingen."

Vor Schreck ließ Kimi seine Drumsticks fallen: „Du machst wohl Witze." Mit nun doch aufkommenden Stolz zeigte Aleksi den anderen das Ultraschallbild.

Paasi klopfte ihm auf die Schulter: „Wenn du etwas machst, machst du es gründlich. Ich freue mich wirklich für dich."

„Guckt mal hin, ein Junge und ein Mädchen," Mikko deutete auf die beiden schon deutlich zu erkennenden Babys auf dem Bild.

Nun kam auch Angi dazu: „Genau. Für jeden etwas."

Mikko stellte dann die Frage der Fragen: „Und wann ist es soweit?"

Angi wandte sich verlegen an Aleksi: „Ich wollte es dir ja schon früher sagen. In drei Monaten."

Aleksi wurde ganz blass. Die Arbeiten für das Album dauerten noch mindestens bis zum nächsten Frühjahr. Dabei wollte er nun am liebsten jede Minute auf Angi aufpassen. Hoffnungsvoll sah er seinen Produzenten an, doch dieser schüttelte nur mit dem Kopf.

„Nun mal ganz ruhig. Das ist nun mal dein Job. Mir geht es wirklich hervorragend. Viel besser als bei Dominic oder bei Johanna. Es wird schon alles gut gehen," sanft strich Angi Aleksi übers Haar.

Aleksi zwang sich zu lächeln: „Ich hoffe du hast recht."

Von nun an schleppte Aleksi jeden Tag nach der Arbeit neue Teile für das neue Kinderzimmer an. Schnell wurde aus dem Gästezimmer ein Kinderzimmer für zwei Babys. Schon nach kurzer

Zeit war alles so voll gestopft, dass Angi einen Großteil der Sachen auf die übrigen Zimmer verteilte.

„Unsere Kinder sollen doch auch noch atmen können," neckte sie Aleksi, wenn er sie wegen ihren Umräumarbeiten zur Rede stellte.

So stolz er auch auf seine beiden anderen Kinder war, so musste er sich doch eingestehen, dass diese beiden Babys für ihn etwas ganz besonderes waren. Der Beweis dafür, dass ihre Liebe nun auch diese Probe überstanden hatte. Außerdem hatte er bei Dominic und Johanna immer Angst gehabt, etwas falsch zu machen. Nun war er gereift und hatte gelernt, Arbeit und Familie zu trennen. War er auf der Bühne der Rocker, der alle Frauen verrückt machte, so war er zu Hause der Mann, der mit seinen Kindern Stunden lang da saß und ihnen Geschichten vorlas. Vor diesen Neuankömmlingen hatte er keine Angst. Und doch war er froh, wenn Angi alles heil überstanden hatte. Er nahm sich fest vor, Angi dieses Mal bei der Geburt bei zu stehen.

Im Vergleich zu Angis anderen Schwangerschaften ging es ihr diesmal sehr gut. Sie hatte keinerlei Stimmungsschwankungen und freute sich einfach nur auf ihre Zwillinge. Ihre neue Gelassenheit tat auch ihrer Beziehung zu Aleksi gut. Was vielleicht auch daran lag, dass sie sich an die ganzen Probleme der Vergangenheit nicht selbst erinnern konnte. Sie genoss die langen Gespräche mit Pirja und die Abende mit Aleksi an ihrer Seite. Diesmal zog sie sich nicht zurück, sondern begleitete Aleksi wann immer sie konnte zu wichtigen Terminen. Eine Veränderung, die vor allem den Medien große Freude bereitete.

Wieder einmal saß Angi gemeinsam mit Pirja im Wohnzimmer. Während Dominic mit seiner Schwester spielte, tranken die beiden Tee.

Pirja beobachtete Angi von der Seite: „Es ist schön zu sehen, wie du auf blühst. Während keiner der anderen Schwangerschaften habe ich dich so glücklich und zufrieden gesehen wie jetzt. Du bist für dein Alter sehr erwachsen geworden."

Angi dachte nach. Sie war mittlerweile fünfundzwanzig. Seit etwas über einem Jahr war sie nun schon wieder in Helsinki. Ja, die Zeit hatte sie verändert. Pirja sprach weiter: „Hast du noch mal etwas unternommen, um dein Gedächtnis zurück zu bekommen?" Angi schüttelte den Kopf: „Vielleicht ist es besser so. Aber eine Sache geht mir nicht aus dem Kopf. Wer kümmert sich um Ellas Grab? Ich weiß ja nicht einmal mehr wer sie war."

„Ich habe mir gedacht, dass du irgendwann einmal danach fragst. Meist kümmert Mikael sich darum, aber auch Aleksi und die anderen bringen immer wieder Blumen zu ihr," Pirja dachte nach, „Heute müsste Aleksi wieder hin gehen. Vielleicht wäre es gut, wenn du ihn begleitest." Angi nickte. Gleich wenn Aleksi nach Hause kam, wollte sie es ansprechen.

Verunsichert betrat Angi den Friedhof. Sie wusste nicht, was sie erwartete, aber Aleksis Hand gab ihr Halt.

Nach ein Paar Minuten blieb Aleksi vor einem Grab stehen. Angi betrachtete den Stein und die vielen Blumen auf dem Grab. Selbst ein Fremder konnte sehen, dass dieser Mensch geliebt worden war.

„Ist sie das?" Angi deutete auf das Foto auf dem Stein.

Aleksi nickte.

Vorsichtig kniete Angi sich hin und betrachtete das Bild genauer: „Sie war ein lebensfroher Mensch. Immer ein Lächeln im Gesicht."

Aleksi sah sie erstaunt an: „Du erinnerst dich?"

„Nein, aber man sieht es an den kleinen Falten in ihrem Gesicht," sie lächelte ihn sanft an, „Spielt es noch eine Rolle, ob ich mich an die Vergangenheit erinnere? Nach euren Erzählungen war sie voller Schmerz und Kummer. Wenn du nichts mehr weißt, lernst du das Hier und Jetzt zu genießen."

„Du hast sicher recht. Aber auf der anderen Seite ist jede Erinnerung, egal wie schmerzhaft sie ist, kostbar," er legte ihr sanft die Hand auf die Schulter. Angi fuhr mit dem Finger über Ellas Foto. Dann sah sie Aleksi an: „Lässt du uns ein wenig allein?"

Aleksi nickte: „Ich warte dann am Eingang. Nimm dir die Zeit, die du brauchst."

Angi wartete noch bis Aleksi sich entfernt hatte. „Er muss es nicht wissen. Ich weiß, dass du es warst, die mich ins Leben zurück geholt hat. Ich habe dich wieder erkannt. Du hast mich aufgefangen, als die Dunkelheit mich schon fast umschlossen hatte. Wie könnte man einen Menschen wie dich vergessen. So sehr ich mich freue, dass ich mich an dich erinnere, so sehr fürchte ich mich vor all den anderen Dingen, an die ich mich erinnern könnte. Wir haben eine sehr schöne Zeit und ich habe Angst, dass ich mich an etwas erinnern könnte was alles verändert. Verstehst du? Deshalb soll er es nicht wissen. Aber du weißt es jetzt und ich werde dich bald wieder besuchen kommen, jetzt weiß ich ja wieder wo ich dich finden kann. Bis bald und danke für alles," Angi stand auf und ging langsam zum Ausgang. Sie hatte schon lange für sich entschieden, auch wenn ihre Erinnerung ganz zurück kommen würde, nie ein Wort darüber zu verlieren. Nichts sollte ihr jetziges Leben mehr verändern.

Angi lag in dieser Nacht lange wach. Sie wollte nicht schlafen, denn in ihren Träumen kam ihre Erinnerung.

Als Aleksi mitten in der Nacht aufwachte lag sie immer noch wach und sah an die Decke. Sanft strich er über ihren Bauch: „Bist du glücklich?"

„Wenn ich sie los bin, ja," Angi begann unter dem Gewicht zu leiden. Sie konnte sich kaum noch lange auf den Beinen halten.

„Das kann ich verstehen. Aber das meine ich nicht. Ich meine alles andere. Ich hatte so wenig Zeit für dich und die Kinder. Ich würde euch so gern mal wieder mitnehmen. Übrigens sind wir in einem halben Jahr wieder in Deutschland. Du könntest deinen Vater besuchen und Carlotta und Samuel kommen auch mit. Sie würde dir sicherlich helfen, wenn es dir mit den Vieren einmal zu viel werden würde," er spielte mit Angis Haaren. Er wusste, dass das alles Zukunftsmusik war. Erst mussten die Zwillinge gesund auf die Welt und vor allem Angi musste alles überstehen. Aleksi hatte wahnsinnige Angst seine Frau zu verlieren.

Die Woche vor dem Termin hatte Aleksi sich trotz des Zeitdrucks frei genommen. Es hatte ihn einige Überwindung gekostet, alles einfach so liegen zu lassen. Er konnte eben nicht aus seiner Haut. „Wenigstens haben es die zwei nicht so eilig, wie die anderen beiden," Aleksi war erfreut, dass die letzten neun Monate alle so problemlos verlaufen waren. Es war für ihn schon das erste kleine Wunder.

Angi versuchte zu lächeln, aber die letzten Tage war sie durch die Hölle gegangen: „Ich bin so froh, wenn das alles vorbei ist. Und dann reicht es auch. Ich will meinen Körper wieder für mich. Ich will mich wieder schön fühlen."

Aleksi nickte verständnisvoll, während er alle wichtigen Sachen in Angis Tasche packte. Er war sichtlich aufgeregt, denn an diesem Tag sollten die Zwillinge geholt werden. Aleksi sah sie zärtlich an: „Keine Frau ist schöner, als die Mutter meiner Kinder."

„Aber ich sehe schrecklich aus. Man könnte mich fast schon rollen wie ein Fass," Angi betrachtete sich im Spiegel.

Aleksi sah sie belustigt an: „Leg dich hin, dann geht es schneller."

Ein herzliches Lachen erfüllte den Raum. Dann konnte es losgehen. Dominic war im Kindergarten und Johanna spielte vergnügt in ihrem Zimmer.

Pirja sah die beiden strahlend an: „Dann geht es jetzt also los. Mach dir um Dominic und Johanna keine Sorgen. Ich bin ja da."

Angi umarmte Pirja.

Pirja versuchte die Angst, dass es ihre letzte Umarmung sein könnte schnell aus ihrem Kopf zu verdrängen.

Aleksi wusste, was in seiner Mutter vorging. Sie hatten oft darüber gesprochen.

Mit Schweiß nasser Stirn stand Aleksi im Kreissaal an Angis Seite.

Besorgt sah ihn eine Schwester an: „Wenn es ihnen nicht gut geht, gehen sie besser raus. Sie wären nicht der erste Vater, den es im Kreissaal von den Socken haut."

Aber Aleksi schüttelte mit dem Kopf. Lieber wurde er bewusstlos, als Angi noch einmal allein zu lassen. Es kostete ihn viel Kraft sich auf den Beinen zu halten.

Angi spürte, dass seine Hand, die ihre hielt, Schweiß nass war. Sie sah nach oben.

Aber Aleksi lächelte sie beruhigend an. Er hatte schon ganz andere Dinge überstanden, da würde er das auch noch schaffen.

Den restlichen Teil der Geburt bekam Aleksi nicht mehr mit. Er konnte sich nicht mehr erinnern, wie er in das Krankenbett gekommen war. Erschrocken sah er zur Tür.

Angis Bett wurde neben ihn gefahren.

Mahnend sah die Schwester ihn an: „Ich hatte sie ja gewarnt. Geht es ihnen denn wieder besser?"

„Ich denke schon," Aleksi wollte aufstehen, aber sofort wurde ihm wieder schwarz vor Augen.

Besorgt sah Angi wie er wieder aufs Bett sank.

Die Schwester sah sie lächelnd an: „Er wird es überleben. Aber Männer sind eben nicht so stark wie sie gerne wären."

Es dauerte mehrere Stunden bis Aleksi wieder einigermaßen zu sich kam. Er fuhr hoch: „Wo bin ich?"

Angi nahm von ihrem Bett aus seine Hand: „Bleib ganz ruhig. Es ist alles gut."

„Wie geht es den Kleinen?" Er sah sich im Zimmer um.

„Die Schwester wollte sie bringen, wenn du wach bist," Angi drückte den Knopf.

Nach einer Weile kam die Schwester mit zwei Bettchen ins Zimmer. Sie schob sie zwischen die beiden Betten. Dann nahm sie das erste Bündel in der blauen Decke und legte es Aleksi in den Arm: „Aber gut festhalten." Sicher würde Aleksi sein Kind nicht fallen lassen. Auch wenn er noch nicht ganz der Alte war.

Dann gab die Schwester Angi das andere Bündel in der rosafarbenen Decke: „Haben sie sich schon Namen für die beiden überlegt?"

„Aber natürlich," Aleksi sah fasziniert das kleine Wunder auf seinem Arm an, „Kristoffer und Finja Gabriella."

Nun, wo die Zwillinge gesund auf der Welt waren, hielten es Kimi und Carlotta für an der Zeit, auch ihr Geheimnis Preis zu geben. Samuel sollte ein Schwesterchen bekommen. Carlotta war im vierten Monat schwanger und in kurzer Zeit hätten es sowieso alle gesehen, also traten die beiden die Flucht nach vorn an.

Am Tag der Heimkehr von Angi und den Zwillingen aus dem Krankenhaus hatten sich alle in der Villa versammelt. Es schien der perfekte Zeitpunkt zu sein.

Der kleine Samuel war schon ganz nervös und rutsche unruhig auf seinem Stuhl hin und her. Immerhin durfte er heute großes verkünden.

Carlotta nickte ihm aufmunternd zu und es platze nur so aus ihm heraus: „Ich habe einen Papa," es lag soviel Stolz in seiner Stimme.

Angi und Aleksi sahen sich nur viel sagend an.

Dominic erledigte den Rest: „Echt? Wen denn?" neugierig sah er in die Runde.

Stolz stand Samuel von seinem Stuhl auf und ging zu Kimi, der neben Carlotta saß und kletterte auf seinen Schoß: „Kimi ist mein Papa, hat er mir gesagt. Und wir bekommen bald noch ein Baby."

Kimi sah erschrocken zu Carlotta. Nun hatte der Kleine in seiner Euphorie doch etwas zu viel verraten.

„Ich gratuliere euch beiden," Aleksis tiefe Stimme erfüllte den Raum.

Angi lächelte Carlotta an: „Schäm dich meine Liebe, deiner Freundin nichts von alle dem zu erzählen."

„Ihr hattet doch nun schon genug um die Ohren. Was sollten wir euch da mit unserem Gefühlschaos behelligen. Und das kann ich euch sagen, es war ein Chaos," Kimi nahm sanft Carlottas Hand.

Pirja sah zufrieden von einem zum anderen: „Wisst ihr Kinder, es ist so schön, euch alle so glücklich zu sehen. Ich hatte schon fast vergessen, wie das ist."

Es klingelte an der Tür.

Aleksi, als Herr des Hauses, ging hin und öffnete. Vor ihm stand ein Mann in einem schwarzen Anzug: „Ist Frau Carlotta Sander bei Ihnen?"

Alle hatten schon fast vergessen, dass Carlotta ja offiziell hier gemeldet war, um ihren langen Aufenthalt zu erklären.

Aleksi nickte: „Carlotta, für dich."

Carlotta ging mit dem Herrn ins Wohnzimmer. Nach einer halben Stunde hörten die anderen, wie sich verabschiedet wurde.

Leichenblass erschien Carlotta wieder in der Küche.

Ihre Stimme zitterte: „Ich muss meine Sachen packen. Mein Visum wird nicht verlängert."

„Und was jetzt?" Angi war ganz verzweifelt. Eben noch war alles perfekt gewesen und nun schien das Leben ihrer Freundin in Scherben zu liegen.

Kimi überlegte nicht lang. Es war an der Zeit, den Schritt zu gehen, vor dem er sein ganzes bisheriges Leben Angst gehabt hatte.

„Heirate mich," er sah Carlotta auffordernd an.

Aleksi

Aleksis Vater stirbt als Aleksi noch klein ist. Er hat an ihn keinerlei Erinnerung. Von da an muss Pirja Aleksi und seine acht Jahre jüngere Schwester Anu allein groß ziehen.

Als Aleksi beginnt Erfolg zu haben, erträgt seine Schwester den Druck der Öffentlichkeit nicht und verlässt die Familie. Aleksi ist zu diesem Zeitpunkt 24, seine Schwester gerade 16. Seit dem 18. Geburtstag seiner Schwester haben weder Aleksi noch Pirja etwas von ihr gehört, weshalb sie es auch vermeiden, von ihr zu erzählen.

Aleksi war ein Kind, wie seine Eltern es sich gewünscht haben. Er war Einzelgänger und legte nicht viel Wert auf die Gesellschaft anderer Kinder, mit Ausnahme seines besten Freundes Paasi den er seit dem Kindergarten kannte. Durch seinen Willen zur Perfektion war er bis zum Abitur immer Klassenbester und auf Grund seines anziehenden Äußeren auch Schwarm aller Mädchen. Die interessierten ihn allerdings wenig.

Als Paasi mit dem Gitarre spielen begann, suchte auch Aleksi nach einem Talent, was in ihm schlummern könnte. Und er fand es darin zu texten. Seine Stimme war zu diesem Zeitpunkt noch alles andere als ansprechend.

Als die beiden dann auf die Uni gingen lernten sie in der Mensa Kimi und Mikko kennen, die sich eigentlich nur wegen des Essens und der Mädchen an der Uni aufhielten. Schon bald waren die vier unzertrennlich, da auch Kimi und Mikko gern Musik machten.

Sie begannen auf diversen kleinen Veranstaltungen der Uni zu spielen und da Aleksi kein Instrument beherrschte musste er eben singen. Er trainierte täglich hart seine Stimme.

Es war ein Zufall, dass sie ein Produzent bei einem ihrer Auftritte entdeckte.

Mit dem Erfolg veränderte sich auch Aleksi. Sein Leben bestand nur noch aus Sex, Drugs and Rock'n'Roll. Wobei seine Droge der Alkohol war.

Aus dem zurückhaltenden Einzelgänger wurde ein selbstbewusster Draufgänger, der sich seiner Wirkung auf Frauen bewusst war und diesen Vorteil nur zu gern nutzen.

Angelique

Angis eigentlicher Charakter wird von ihrer Mutter unterdrückt. Erst als sie Aleksi kennen lernt, entfalte er sich langsam. Der Grund warum sie oft wankelmütig ist.

Angi wächst als Einzelkind gut behütet bei ihren Eltern auf. Sie wird regelrecht in Watte gepackt und Jungs sind für ihre Mutter ein rotes Tuch. Am liebsten würde ihre Mutter Angi auf Schritt und Tritt begleiten.

Es dauert bis nach dem Abitur, bis Angi es schafft, sich ein wenig Selbstständigkeit zu erarbeiten. Was ihr auch nur durch die Unterstützung ihrer besten Freundin Gabriella gelingt.

Paasi

Mikko

Der harte Rocker mit dem weichen Herzen wuchs in Helsinki auf. Schon früh entdeckte er seine Liebe zur Musik, die auch von seinen Eltern, der Vater war Musiklehrer, gefördert wurde.

Bereits mit 12 Jahren bekam er seinen ersten Bass. Bis er in einer Kneipe auf Kimi traf, schlug er sich mit diversen Amateurbands durchs Leben.

Kimi

Kimi wächst in gutbürgerlichen Verhältnissen in Joensuu, einem Ort im Osten von Finnland, nördlich von Helsinki auf.

Nach der mittleren Reife bricht er aus der bürgerlichen Idylle aus und begibt sich in die Hauptstadt.

Dort jobbt er zu erst in einer Kneipe als Barkeeper. Er lernt Mikko kennen und sie entdecken, dass sie ein gemeinsames Interesse verbindet. Die Musik.

Bei einem ihrer regelmäßigen Besuche der Uni-Mensa treffen sie auf Aleksi und Paasi.

Sie beschließen ihr gemeinsames Hobby zum Beruf zu machen. Poison of Evil war geboren.

Trotz Dauerfreundin Emilia genießt Kimi die Vorzüge des Musikerlebens und nimmt es mit der Treue nicht immer so genau.

Erst viel später erfährt er, dass einer seiner Seitensprünge nicht ohne Folgen geblieben ist.

Emilia

Emilia wurde geboren, als Kind eines Architektenehepaares. Noch während ihres Studiums wandern ihre Eltern nach Australien aus, um dort eine Agentur zu gründen.

Nachdem sie ihr Studium abgeschlossen hat, betreut Emilia diverse Projekte ihrer Eltern in ganz Europa.

Seit langem ist sie die Frau an Kimis Seite, Das der Rocker ihr nicht immer treu ist, ahnt sie zwar, aber verdrängt es gekonnt.

Als sie dann schwanger wird, tritt sie beruflich kürzer und konzentriert sich nur noch auf ihren Mann und ihr Kind. Ein Leben, dass die Karrierefrau nicht wirklich glücklich macht.

Als sie dann auch noch erfährt, dass Kimi sie nicht nur betrogen, sondern auch noch ein Kind mit einer anderen Frau hat, flieht sie vor der ganzen Situation nach Australien.

Schweren Herzens muss sie ihren Sohn in Helsinki zurück lassen, doch will sie ihn, wenn er älter ist nachholen.

Mikael

B

Mikael wuchs als einziges Kind eines Unternehmers und eine Lehrerin für Deutsch und Politik in einem Vorort von Helsinki auf.

Seine Herkunft verschweigt Mikael gern, weshalb er sich nach außen hin recht bescheiden gibt. Auch, dass seine Eltern ihm seine Wohnung samt Einrichtung finanziert haben, hängt er nicht an die große Glocke.

Verliebt war der sportliche Mädchenschwarm eher selten.

Nachdem Abitur sollte Mikael auf Wunsch seiner Eltern BWL studieren um das Unternehmen seines Vaters irgendwann selbst leiten zu können. Doch er wollte lieber in die Fußstapfen seiner Mutter treten und Lehrer werden.

Sein ruhiges Leben, änderte sich schlagartig, als er an der Uni Angi kennen lernte und ihr bester Freund wurde.

Obwohl ihm diese Freundschaft unendlich wichtig ist, kann Mikael seine tieferen Gefühle für Angi nur schwer verbergen. Trotzdem hat er sich ihr zu Liebe mittlerweile sogar mit ihrem Ehemann

Aleksi angefreundet. Doch ein kleiner Funken Hoffnung ist ihm noch geblieben.

Seine Hobbys sind dann doch eher typisch für ein Unternehmerkind. Er spielt leidenschaftlich gerne Golf.

Carlotta

Carlottas Kindheit gleicht nicht gerade einem Märchen. Ihre Mutter starb als sie noch ein Baby war und ihr völlig überforderter Vater entschied sich dann sie in ein Heim zu geben.

Viele Pflegefamilien lernte Carlotta kennen, doch bei keiner durfte sie lange bleiben. Das Gefühl, kein Zuhause zu haben, machte sie irgendwann rastlos.

So kam sie mit sechzehn Jahren in die Gothic-Szene. Hier fühlte sie sich das erste Mal in ihrem Leben richtig geborgen.

Mit dem Rückhalt der Szene gelang es ihr, die mittlere Reife zu machen und sie bekam sogar einen Ausbildungsplatz als Bürokauffrau.

Doch dann wurde sie durch einen One Night Stand mit dem Schlagzeuger von Poison of Evil schwanger. Trotz aller Widrigkeiten entschied sie sich für ihr Kind. Beschloss aber auch, es allein groß zu ziehen.

Der Szene entzog sie sich völlig.

Alles begann einen normalen Gang zu nehmen, bis sie durch Zufall Angi kennen lernte und durch sie Kimi wieder traf.Sie brach ihre Zelte in Deutschland ab, wo sie nichts hielt, und begleitete die neu gewonnene Freundin auf ihr Abenteuer.

MIX

Papier | Fördert
gute Waldnutzung

FSC® C083411

Zeitfracht Medien GmbH
Ferdinand-Jühlke-Straße 7
99095 Erfurt, Deutschland
produktsicherheit@kolibri360.de